U0127104

錢文忠國學

二

錢文忠 著

上海文藝出版社

余秋雨

妙哉趙夫子
讀文忠老弟文
趙元任的笑話
始知天才之妙處

神州袖手圖

嘔心血史隨人去

江湖世變心難轉

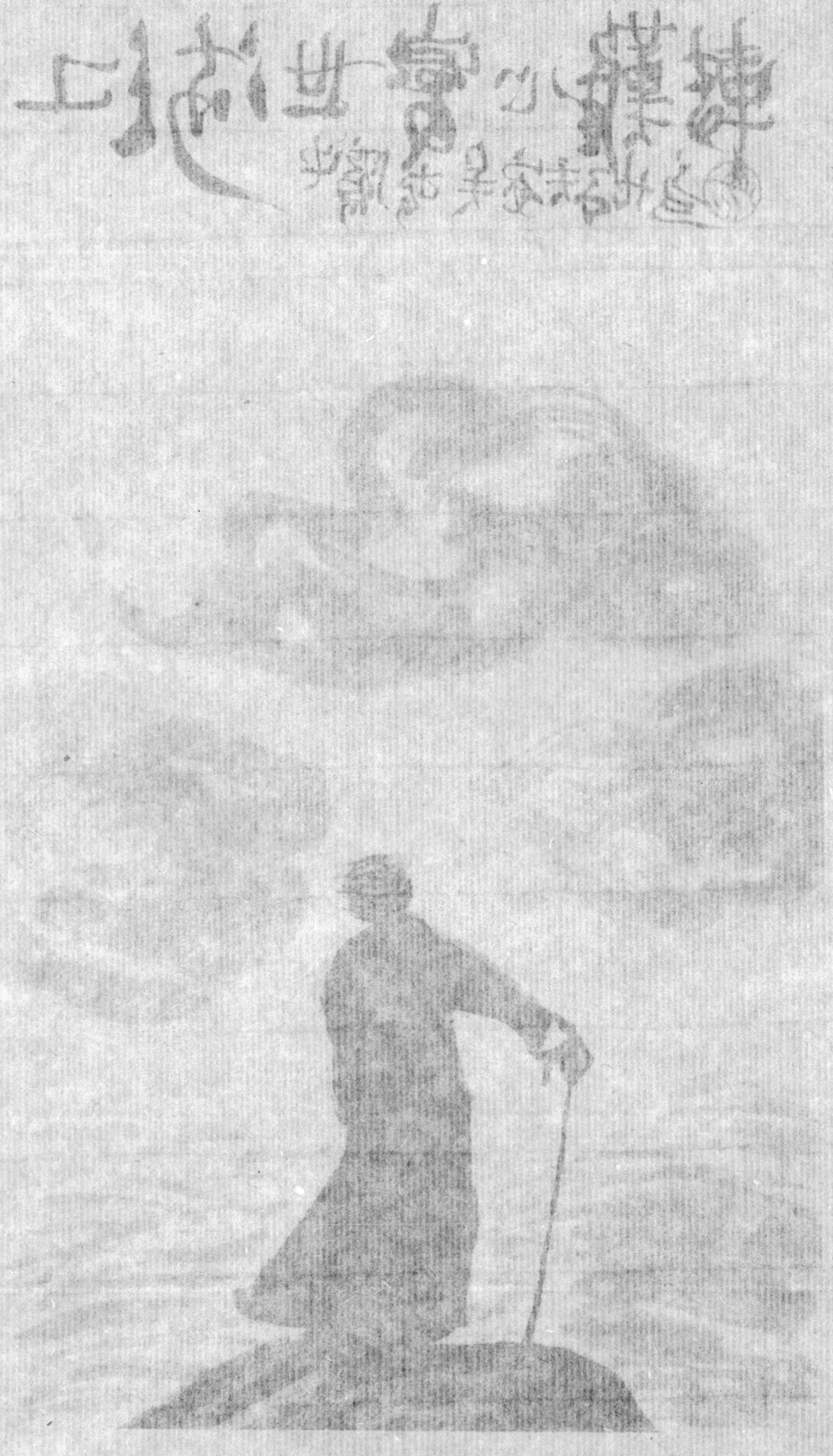

神州袖手人陳三立

中國社會歷來采取官本位，儘管上有不測君威，一門數公或數代顯宦倒還是不絕於書的。如此說來，稱得上『名父之子』與『名子之父』的當然大有人在，身兼此二者當亦不在少數。然而，何以至今仍能不時從人們記憶中泛起者，『名父之子』已然不多，『名子之父』就更是寥寥呢？細想起來，個中緣由也并不算複雜。既然以官爲本位，固宜視現實事功爲圭臬，事功自不能脱離時代而言，那麼時過境遷滄海桑田之後，幸能不被歷史長河沖刷淘汰者幾希。父既不存，子將焉附？至於『名子之父』，上述理由也同樣適用之外，更有旁説。至少降至一個世紀以前，『母以子貴』和『妻以夫榮』方是符合中國傳統倫理備受艷羡的正理，而『父以子顯』因了一代不如一代的底蘊，原本就和微妙的傳統心理抵觸。古時有條是否明載於文尚待查考而確實時見於行的規矩，子既爲官開府，老太爺倘若自己不爭氣，照例不能如老太太一般堂而皇之走中門硬進硬出，只可由邊門軟進軟出。當然，吾華盛産溜鬚拍馬之徒，想來必要老太爺走走中門，老太爺如果盛情難卻，兒子很難不順水推舟。父以子貴而受重自可，仗子自重則不宜。至於子成顯宦後可爲祖先請求封典，則以彰顯以孝治天下爲旨歸，完全是另一碼事。由是，若以『名子之父』稱人，雅則雅矣，卻失於謔。『名子之父』遂少爲人知，更不必説『名父之子』兼『名子之父』了。

話雖如此，讓人心口俱服的『名父之子』、『名子之父』、『名父之子』兼『名子之父』畢竟還是有的，前提是必須至少同時滿足下列條件：必須數代菁華，君子之澤三世不斬；三代之內不能盡以同一領域爲舞臺，否則自有無聊後人妄加雌黃，祖孫之間高下立判，後勝前固然於祖爲榮，子孫卻未必心安，前勝後則有每況愈下之嫌，更是祖孫不寧；每代必須至少在立功、立言、立德中的一個方面有足以彪炳千秋的成就，還不能在任何一方面留有供人疵議的缺陷。苛則苛矣，難則難矣，然義寧陳氏一門可當之無愧。陳散原先生自是世所公認亦足自安的『名父之子』兼『名子之父』。既然如此，在論述散原功業風義之前，當然須先論其父其子，庶幾可見其恪紹祖德澤及子孫，非如此亦難以同情地理解其本人。

散原父陳右銘寶箴，少負志節，詩文皆有法度，早年以舉人隨父偉琳公治團練，崛出於時。『初先生庚申會試落第，留京師三歲，得交四方雋雅之士，於易佩紳羅亨奎尤以道義經濟相切摩，時稱三君子。』（黃秋岳《花隨人聖庵摭憶》語，黃氏因散原亦有四公子之目，贊陳氏『家風甚似東

漢之太丘』，至爲允當。）深受曾國藩、郭嵩燾、席寶田、翁同龢等人器重，屢建奇功，歷宰繁鉅，官至湖南巡撫，官聲赫赫，廣有功德。於公有《清史稿・陳寶箴傳》，於私有《散原精舍文集・巡撫先府君行狀》，於今人著作有汪榮祖教授《陳寅恪評傳・舊時王謝家》，讀者可參，例不縷述。在此只補充幾條有趣的材料，以爲談助參證。《清代名人軼事・異徵類》（葛虛存原編，琴石山人校訂）有『陳寶箴祈夢』條，饒有趣味：『義寧陳寶箴儻負才略，遭世多故，慨然有澄清之志。嘗應禮部試，祈夢神祠，夜夢隨李朔入蔡，雪月交映，旌旆飛揚，立馬指揮，意氣閑駿。醒而大喜。及下第歸，至上蔡縣，風雪大作，夜二鼓，始投逆旅，委頓殊甚。自是雪濘旬日，資糧皆盡，典衣鬻馬，僅得南還，乃知爲神所戲，不復談兵矣。然寶箴論事實能洞見本原，非苟爲大言者。』『不復談兵』云云，語甚可怪。寶箴長於兵略，固世所習知，運籌帷幄，每建奇功，席寶田從其計，設伏廣昌、石城間，得獲洪仁玕等人，非其顯例而何？在寶箴的蓋世事功中，移風易俗尤大有益於後世，曾國藩與其一席話甚爲緊要。胡思敬《國聞備乘》『陳右銘服膺曾文正』條下記曰：『陳寶箴初以舉人謁曾國藩，國藩曰：「江西人素尚節義，今頽喪至此，陳子鶴不得辭其責。轉移風氣將在公等，其勉圖之。」子鶴者，新城陳孚恩也，附肅黨，官至尚書，日營求入閣，故國藩及之。寶箴以資淺位卑，愕然莫知所對。國藩字而徐解之曰：「右銘疑吾言乎？人亦貴自立耳。轉移之任，不必達而在上也，但數位君子若羅惺四、許仙屏者，沈潛味道，各求一不求富貴利達之心。一人倡之，百人和之，則風氣轉矣。」寶箴敬佩不忘，對江西人輒傳述其言，且喜且懼，自謂生平未受文正薦達，知己之感，倍深於他人。』陳氏一門三代皆對曾國藩推崇備至，良有以也。故爾，父子二人於一般政事外，特重開啓民智，轉移士習。其效卓著，影響深遠。黄秋岳雖因向日寇出賣機密軍情，導致日艦遁逸，逃脱被一舉炸沉的命運，而遭顯戮，但『今日取其書觀之，則援引廣博，論斷精確，近來談清末掌故諸著作中，實稱上品，未可以人廢言也』（陳寅恪《寒柳堂記夢未定稿》語），即指上揭《花隨人聖庵摭憶》，其中有一句話要言不煩，可當的評：『湖南之煥然濯新，實自右銘撫湘始』。原先閉塞落後的湖南浸浸乎幾成中國之普魯士，才人俊傑輩出，幾乎主宰了中華一個甲子的命運，飲水思源，實在應該感念陳氏父子。

有父如此，自爲名父，不以散原爲名父之子，其可得乎？

散原有子五。錢基博先生謂『三立諸子皆能詩』（《現代中國文學史》中語）。能詩自是家風，諸子尚各有擅長。衡恪（一八七六—一九二三，錢基博先生書『死時年三十有幾』，不知何由而誤）

以乳名師曾爲字，以字行，著名畫家、篆刻家、美術教育家、詩人，有《中國繪畫史》、《中國文人畫之研究》（當系譯大村西崖書參以己意而成）、《槐堂詩鈔》、《不朽録》、《陳師曾遺墨》。『其人温雅而有特行』。刻印『筆畫雄傑，平視缶廬』。善屬對，曾集姜白石《揚州慢》『波心蕩冷月無聲』與《琵琶仙》『春漸遠汀洲自緑』爲對，令人叫絶。其詩則『饒有新思想』，石遺老人『嘆爲第一』，贈詩『詩是吾家事，因君父子傳』（以上皆黄秋岳記）。葉公綽評曰：『君以文人之畫，發爲畫家詩，揮之胸肊而師乎造化。』（《陳師曾遺詩序》）當然，其最受推重的還是繪畫。黄秋岳稱『筆力高古，爲一時推重』。陳贛一贊云：『多才藝，尤擅繪事，融貫中西，落筆獨闢蹊徑，往往超出尋常意表，别饒奇趣。』（《新語林》）名畫家王夢白直以其畫『無懈可擊，必欲所瘢疵，唯恨太老到，與齒不相稱，所以不永年也』。至於其提拔齊白石，更是藝林佳話，微師曾，年過半百尚不甚爲人所識的白石恐怕畢生只能名居湘綺門下四匠之一而已。隆恪（一八八八—一九五六）字彦和，專攻財商，亦長於詩，有《同照閣詩鈔》。寅恪，毋庸介紹了，是十餘年來學術文化界矚目的熱點，《陳寅恪文集》和批注、稿本無論矣，他人所寫所編的傳記和紀念文集各有數種已經問世，以其爲對象的研究論著恐以百計。方恪（一八九一—一九六六）字彦通，是陳氏兄弟中唯一未出洋留學者，歷任要缺，亦擅詩，石遺曾以『名貴』論之，并以爲酷肖散原，幾可亂真，《現代中國文學史》録其詩兩首（但錢氏以石遺贈詩『詩是吾家事，因君父子吟』歸諸方恪，且與上引者有一字之差），然其特長爲目録學。登恪（一八九七—一九七四），留法歸國後曾以筆名陳春隨撰成《留西外史》，風靡一時，專業爲法國文學研究。諸子學問人格皆足以稱名。方恪固然一度沉湎酒色，揮霍奢靡，但在一九四五年任職南京國學圖書館時因掩護地下電臺而被日本憲兵逮捕，爲常人所不敢爲，緣抗戰勝利幸免於難，大節炳然。

有子如此，自爲名子，不以散原爲名子之父，其可得乎？而况亦其自名，更可得稱『名父之名子』兼『名子之名父』。

文章寫到這裏，方及本文主人陳散原，頭重脚輕，已然犯了作文大忌。好在讀者會諒解，因爲我們面對的是一個實在特殊的人物和一個實在特殊的家族，自然不宜限以常例；何况，描述其父其子也應該是摹寫一個人物的題中應有之義，何况散原其父其子確實有描述的價值呢？

陳三立，字伯嚴，散原系其自號。咸豐三年（一八五四）生於義寧（今江西修水），初娶羅夫人，生衡恪。青年時代即以才識自負，『嘗醉後感時事，譏議得失輒自負，詆諸公貴人，自以才識當出

諸公貴人上』（《故妻羅孺人狀》）。光緒八年（一八八二）中鄉試，成舉人。試後至長沙續娶俞夫人（俞氏爲山陰世族，因夫人侄孫，即俞大維子之婚娶而與奉化蔣家有姻親關係，當然這是後話，知者甚少，姑録於此），生其餘諸子。光緒十二年（一八八六）中式成進士，授吏部主事。散原與譚嗣同、丁惠康（亦作陶葆廉）、吴保初同列稱『四公子』，應即始於此時。當時的吏部尤爲顢頇，屬吏跋扈。散原分部後，『時有吏部書吏某冠服來賀，散原誤爲縉紳一流，以賓禮相見，書吏亦昂然自居於敵體。繼知其爲部胥，乃大怒，厲聲揮之出。書吏慚沮而去，猶以「不得庶常，何必怪我！」爲言』（徐一士《一士類稿》「談陳三立」條）。散原在此絶非小題大做，其舉動與其維護綱紀的思想（詳下）互爲表裏。至於以爲散原因不得點翰林而泄忿，更可見書吏之淺陋，固不待言。吏事腐敗綱紀紊亂至此，自然難怪散原作憤激語云：『舉五千年之帝統，三百年之本朝，四萬萬人之性命，而送於三數昏妄大臣之手。』（文廷式《聞塵偶記》）

有感於時勢再加上受右銘老人影響（右銘在河北道任内所辦書院即名『致用精舍』），志在經世致用的散原當然不會甘於沉浮郎署，不久就辭官了。憶昔，右銘老人不樂作幕，欲自親事，尚可以舉人之身份由軍功晋昇，位至監司封疆，而天下中興重見太平後不久，中國的官僚體制馬上又回到原來軌道之上，散原雖然得中甲科，若也欲早日自親事，却只有侍父借助其官位權力一途，實際上迹近作幕了，其中消息固不僅有關一姓之興亡而已，豈不令人深思嘆息？吴宗慈《陳三立傳略》：『時先生尊人右銘中丞有政聲，先生恒隨侍左右，多所贊畫，籍與當世賢士大夫交遊，講學論文，慨然思維新變法，以改革天下，未嘗一日居官也。』汪榮祖教授引錢基博先生未刊手稿《陳三立致譚獻函，附三立小傳》『三立一言，其父固信之篤也』，認爲『戊戌政變前湘中改革可説是他們父子的合作』。其實不僅湖南改革如此，散原辭官時在光緒十二、十三年間，距右銘光緒二十一年秋八月詔授湖南巡撫尚有八九年，其間右銘除協助兩廣總督張之洞出任輯捕局、助李鴻藻謀畫治河外，還歷任湖北按察使、布政使、直隸布政使，至少散原亦曾隨侍湖北任所，然則，父子合作可謂有日矣。右銘在直隸任上，正逢中日之戰，右銘駐天津，督東征湘軍轉運，總督劉坤一嘆爲軍興以來糧臺所僅見。自然，這不會影響中國一敗塗地的結局。甲午戰敗後，右銘『痛哭曰：無以爲國矣！歷疏利害得失，言甚痛』。又『其時李公鴻章自日本使還，留天津，群謂且複總督任。府君憤不往見，曰：「李公朝抵任，吾夕挂冠去矣」』（《行狀》）。散原更爲激忿，其時正在武昌，致電張之洞：『國無可爲矣，猶欲明公聯合各督撫數人，力請先誅合肥，再圖補救，以伸中國之

憤，以盡一日之心，局外哀鳴，伏維賜察。』（此電黄秋岳書録）張之洞素有巧宦之名，自然不會回復。當時持此議者甚多，然若細繹陳氏的出發點，却迥異時流，赫然見其思想之獨立，不以時俗爲轉移。右銘老人的意見是『勛舊大臣如李公，首當其難，極知不堪戰，當投闕瀝血自陳，爭以生死去就，如是，十可七八回聖聽，今猥塞責望謗議，舉中國之大，宗社之重，懸孤注，戲付一擲，大臣均休戚，所自處寧有是耶？』如此識見，迹近極端民族主義者的庸俗愛國主義者豈堪與語？！所以『其世所蔽罪李公』者，右銘老人與散原『蓋未暇爲李公罪矣』。黄秋岳不負陳寅恪『論斷精確』之評，能得其真：『蓋義寧父子對合肥之責難，不在於不當和而和，而在於不當戰而戰，以合肥之地位，於國力軍力知之綦審，明燭其不堪一戰，而上迫於毒后仇外之淫威，下劫於書生貪功之高調，忍以國家爲孤注，用塞群昏之口，不能以生死爭，義寧之責，雖今起合肥於九京，亦無以自解也。』責李不當和而和似爲馬後炮，責李不當戰而戰則有先見在焉。散原還曾積極參與張之洞秘密援臺事，有函電傳世（一度稱臺灣『總統』的唐景嵩之孫女後成陳寅恪先生夫人，能詩善書，尤以書法娟秀受散原欣賞。亦可稱因緣有自）。

當然，父子合作的湖南新政厥功最大，也最爲後人所感念。光緒二十一年（一八九五年）右銘得授湘撫。巡撫位尊權重，張之洞得授山西巡撫而内心大喜，以致上表謝恩時失語要經營八表，可見此職實有可爲。陳氏父子就以此爲鉅筆，撰寫了一段驚心動魄使人爲之神馳的大喜大悲的歷史。事迹具載史册。《清史稿·陳寶箴傳》云：『湘俗故塞，寶箴思以一隅致富强，爲東南倡，先後設電信，置小輪，建製造槍彈廠』。《行狀》又云：『其要者，在董吏治，辟利源；其大者，在變士習，開民智，敕軍政，公官權。……設礦務局，别其目曰官辦、商辦、官商合辦。又設官錢局、鑄錢局、鑄洋圓局。……而時務學堂、算學堂、湘報館、武備學堂、製造公司之屬，以次畢設。』當時的湖南風雲際會，群賢備集，江標、徐仁鑄先後任學政，黄遵憲任鹽法道署按察使（《清史稿》以黄遵憲附《陳寶箴傳》後，雖有斯理，略顯突兀）。散原參贊其中，無親事之名而據其實。單就影響深遠的時務學堂而言，一請先生，一取學生，由散原定者尤見卓識。先説請先生。陳寅恪先生《讀吴其昌撰梁啓超傳書後》：『先是嘉應黄公度丈遵憲力薦南海先生於先祖，請聘其主講時務學堂。先祖以此詢之先君，先君對以曾見新會文，其所論説似勝於其師，不如舍康而聘梁。先祖許之。因聘新會至長沙。』至於其效，《清史稿》亦不能否認：『延梁啓超主湘學，湘俗大變。』再説取學生。吴宗慈《陳三立傳略》：『民十一年壬戌，與梁啓超晤敘金陵。二十年前之同志也。語次及

蔡鍔。鍔，梁氏之受業弟子也。先生謂梁曰：「松坡昔考時務學堂，年十四，文不通，已斥，余因其稚特録之，後從子學，乃大成。」』松坡再造共和，世所習知。按當時稚者豈特松坡一人？散原欲以識人之雅盡歸新會而已，其謙抑厚道顯而易見。

散原父子在湘之改革并不順利，只能在鄙陋的保守派與『多患發熱病』（陳寅恪語）的激進派的夾擊中艱難掘進。散原父子基於特立獨拔不依不傍之精神而採取的一貫路徑實有以致之，不可以常理推斷而發事關宦術之腹誹。見於史籍者多係以右銘，實際自與散原有關。對保守派，『寧鄉已革道員周漢，以張帖攻西教爲總督所治。寶箴至，漢復刊帖傳布，寶箴令毀之，漢毆毀帖者，寶箴怒，下之獄。舊黨恨次骨。』（《清史稿》）對激進派，『先祖先君見義烏朱鼎甫先生一新《無邪堂答問》駁斥南海公羊春秋之説，深以爲然』（上引陳寅恪先生文）。即使在康君恩正隆之時，在奏摺中亦不避『若再能心術純正，操履廉潔』之類批評（折見《戊戌變法檔案史料》）。陳寅恪先生《讀吴其昌撰梁啓超傳書後》也明確揭明『餘家之主變法，其思想源流之所在』，汪榮祖教授以爲『與康梁并非一黨，……實與馮桂芬、郭嵩燾、曾國藩同屬一源流』正得其旨。無疑，在當時，這是一條穩健妥當的道路，以不傷國本而謀漸進改革，這『第三條道路』至今未得到足够重視及應有評價。

戊戌之變不久就發生了，儘管右銘在入對時『見上形容憂悴，請日讀聖祖《禦纂周易》，以期變不失常，』儘管上言『願得厚重大臣如之洞者』領四章京，還是坐濫保匪人，雖經榮禄和王文韶磕頭乞請，依然『罪及舉主，寶箴去官，其子主事三立亦革職』（具見《清史稿》）。散原在《清史稿》僅此一見，因其居幕後襄贊其父，有實無名，《清史稿》按史例如此處理，自不必厚非，將散原父子與李端棻、徐致靖（子仁鑄附）、曾鉌、楊深秀、楊鋭、劉光第、譚嗣同（唐才常附）、林旭、康廣仁諸傳合列爲卷四百六十四，除康廣仁不倫不類外，也還算允當。其年右銘六十八歲，散原四十四歲。

因人廢法的傳統理所當然使『諸所營構便於民者，雖效益已著，皆廢毀無一存』，更不必説湘學所著諸書了。湖南新政蕩然，但其精神則已融入湘人血脉。散原父子只能『往往深夜孤燈，父子相語，仰屋欷歔而已』（《巡撫先府君行狀》、吴宗慈《陳三立傳略》作『往往深夜孤燈，父子相對欷歔，不能自已』）。吴氏稱散原『一生政治抱負遂盡於此』，可謂以淡然出千鈞。

右銘老人以七十之年，『於光緒二十六年庚子夏（一九〇〇），聞拳匪之亂，發憤死』（錢基博先生語）。散原在此後還積極參與勤王。光緒二十九年（一九〇三）值慈禧七十大壽，初康梁外

的戊戌黨人悉復原官。照理，散原亦在其列，何況還有貴人相助，《新語林》記道：散原時『家於南京，日與端方之流評品書畫』。按散原詩集中屢見與端方遊宴唱和之作，『端將具疏複其官，陳聞而堅辭，高潔匪人可及矣』。《寒柳堂記夢未定稿》又記道：『清季各省初設提學使，先君摯友喬茂萱丈樹枏爲學部尚書榮慶所信任，故擬定先君爲湖南提學使。是時熊秉三丈希齡適在京師，聞其事，即告當局謂先君必不受職』。散原拒絕複出的背後極具灼見：『未幾袁世凱入軍機，其意以爲廢光緒之舉既不能成，若慈禧先逝，而光緒尚存者，身將及禍。故一方面贊成君主立憲，欲他日自任内閣首相，而光緒帝僅如英君主之止有空名。一方面欲先修好戊戌黨人之舊怨。職是之故，立憲之説興，當日盛流如張謇、鄭孝胥皆贊佐其説，獨先君窺見袁氏之隱，不附和立憲之説。』堅拒議員之職。儘管袁世凱使散原諸知友百般相勸以促北上，散原堅持要諸友保證只系故舊聚談，絕不入帝城，得其誓言方始北遊。俗流以散原反對立憲殆由此。自此，散原自號『神州袖手人』，自絕於俗世政治。清帝遜位後，散原尊敬備至的老師陳寶琛欲引其相助，也以不會京語爲藉口而婉拒。

從此，中國政界少了一位智士。清末，散原參與南潯鐵路事，只關實業，無關政治，爲時甚短，但也有佳話流傳。自歉無所獻替，遂將薪金悉數捐贈金陵刻經處，嚴於取予如此。散原拒金多次，其中一筆鉅款大有來歷，因稍亂時序，附記於此。一九三二年九月二一日，散原八十大壽，張元濟先生賀之於廬山，五年後痛聞散原去世，爲挽詩七絕四首，其三有句云：『銜杯一笑却千金，未許深山俗客臨』，注云：『君隱居廬山數年，八十生日時帥有獻千金爲壽者，峻拒不納。余同居山中，時相過從。』俗客者，帥者，時亦在廬山之蔣介石也。（據陳隆恪詩、陳小從及張樹年《我的父親張元濟》回憶，陳寅恪先生亦在。如此則《庚辰暮春重慶夜歸作》中『食蛤那知天下事，看花愁近最高樓』當增多一不古不今之『近典』矣，吳雨僧先生抄本附注『初次見某公，深覺其人不足有爲』云云，『初次』可商，『深』應同時含『久』意。）

中國文壇却多了一位詩宗。

自然不會再有轟轟烈烈，時人筆下的散原已然是『德人儒宗』（改散原『德人儒吏』語）的形象了。因此，在常人身上的怪事放到散原身上也就成了軼事兼雅事。張慧劍《辰子説林》『韭菜』條：『民國二十二三年，先生腰腳尚健，曾歸金陵小住，有以輕車載之往遊陵園者，出中山門，見道旁秧田成簇，豐腴翠美，先生顧而樂之，語其車中同伴曰：「南京真是好地方，連韭菜也長得

這樣齊整！」聞者大噱，以爲先生故作諧語，而先生穆然，蓋真「不辨菽麥」也，其心地渾厚質樸如此。』散原對五穀了無興趣，大致也是當時士風。同書『近視眼』條所記録者更爲匪夷所思：『散原先生晚年，窮理格物及於最纖微之事：嘗取一病蠅置案上，徐觀其動狀，久久不倦，此種實驗精神至爲難得。陳先生詩雖作哲談，亦不反對科學，實爲詩人之真正修養，值得吾人之師法也。』讀者不妨一檢《散原精舍詩》，可有描摹蠅類之作？

世人至有稱散原『爲中國詩壇近五百年來之第一人』（張慧劍語），石遺自視雖極高，猶稱『江右詩家，五十年來，惟吾友陳散原稱雄視海内』（見錢氏書），五十五百固不必論，其詩之精，自不待言，其詩思之快捷貼切亦使人瞠目。茲從《新語林》中揀録兩條。先論快捷：『伯嚴遇宴集，於一小時内以七律遍視坐客。』再論貼切：『陳散原赴友宴會，席間招妓天香閣，乞爲撰一聯，陳援筆立題曰：「天壤有情終負爾，香塵揚海渺愁予」，以視諸客，四座驚賞。』世人多以其詩爲屬江西詩派，實未必盡然。上引《辰子説林》『韭菜』條下記曰：『嘗與其門人故胡翔冬教授談：「人皆言我詩爲江西派詩，其實我四十歲前，於涪翁、後山詩且未嘗有一日之雅，而衆論如此，豈不冤哉？」』散原有覆宋刊《黄山谷集》『題辭』，《文集》未收，記其遊楊惺吾廣文書樓，得見任淵史注宋本《黄山谷内外集》，解資刊刻事，署二十六年二月，是年散原四十六歲，『題辭』中僅言『余父又嗜山谷詩』而不及己之好之，想來《辰子説林》當非杜撰。大致以鄭孝胥《散原精舍詩序》『余雖喜爲詩，顧不能爲伯嚴之詩，以爲如伯嚴者，當於古人中求之。伯嚴乃以余爲後世之相知，可以定其文者耶？大抵伯嚴之作，至辛丑以後，尤有不可一世之概。源雖出於魯直，而莽蒼排奡之意態，卓然大家，非可列之江西社裏也』爲知言。聯想及黄秋岳，真讓人橫生感嘆。被歸入江西詩派者多不自承，與散原同列此派宗師之鄭孝胥、陳石遺亦然，其中恐有待發之覆。

散原以文章道德爲世所瞻仰，自可見之於時論。張慧劍上引書『四公子之結局』條云：『此老當艱危之際不濡所操，不惟鄭孝胥輩泉下相見無地可自容，即陳弢庵、陳石遺等對之亦有愧色。』『韭菜』條：『不僅學力精醇，其人格尤清嚴無滓，足以岸視時流。寇陷北平，先生困居危城，音問斷絶，而時論不翳，使在他人，且不免疑謗之交集矣』，語力極重，既有此言，何庸他語？散原數拒遊説者，自不負士人氣節。

老人晚年多病，見於文人筆下者有嗝疾（據張慧劍），『水厄』（即前列腺炎，張元濟有詩『自古文人多水厄』，自注云：『義寧陳伯嚴、嘉興沈子培二公均患此疾，且均在高年，時發時至，但終

以此疾致死。』自注末句不確)。一九三二年一月末，散原繫心淞滬抗戰，『報至則讀，讀竟則湫然若有深憂。一夕忽夢中狂呼殺日本人，全家驚醒』(《陳三立傳略》)。一九三七年八月八日，日軍入北平，散原疾發，拒不服藥，又不進食，於舊曆八月初十棄世。時年八十五(汪榮祖教授《陳寅恪評傳》係以日軍入城二日後，顯然緣未辨陰陽曆而誤)。

散原往矣，當年的四公子至此無一存者。譚嗣同被戮菜市口，丁惠康嘔血而亡，吴保初窮至無錢買藥叫號而絕，皆在散原之前。還要算散原晚景稍優，亦享大年。只好倒托翁之語意作『其幸各異，不幸則一』了。嗚呼！當時倒確有人以譚嗣同與散原比之兩位舊俄貴族文人，以譚擬普希金，而正以散原擬托爾斯泰。張慧劍評曰：『先生之一生成就爲舊詩，舊詩在文藝領域中封疆太窄，且遠離一般社會生活，自不能如托氏作品之發生廣大效力。第吾謂兩人有似處者，則節取其一點，先生亦爲一濃厚之人道主義者，其詩中滿含悲憫之旨，惜陳義過高，不易爲一般人所了解耳。』所評甚當，惟以舊詩爲散原一生之成就，頗代表了由當時至今人們的看法，失之太窄。

就文章而言，散原亦稱聖手(參黃秋岳書所記陳石遺語)。而且，其思想正在其中得以充分表露。現略加鈎輯，不僅可見陳寅恪先生思想最直接之來源，更可見散原之所以可垂千古而不朽者，固不徒由詩文之道而已。

散原論學特重本原統系，於學術史特有己見。《船山師友録敘》云：『周衰，七十子之徒既歿，道術壞散。戰國之際，縱横怪迂之變益紛然淆亂，莫可統一。漢興，表章六藝，儒生朋興，掇拾大誼。越千年而有宋巨儒出，益究其説，道浸彰顯矣。其後頗複瞀亂，浸失其真。元明以降，代承其弊。國家肇基，黄氏顧氏之倫乃倡言復古，綜覽百代，廓絶流宄，厥風大醇。然其所明，典章、文獻、製作、道法之跡而已，而大道之要、微言之統，未暇明也。於時衡陽船山王先生，并世遺老，抗其孤敻卓犖之心，上契聖典，旁包百氏，蒙者發之，滯者通之，天人之蘊，教化之紀，次第昭列。自孟、荀、朱子以來，道術之備，於斯爲盛。』令其心折之統顯爲孟荀朱王。又由於特重獨立，所以尤不喜李斯，直叱其『阿世逢君，背其師説，倒行而逆施之』(《讀荀子五首之四》)。於韓非，雖然亦加以抨擊：『貴刑名，上功實，裂仁義，絀賢才，隆主之勢，排斥大臣，左右朋比，一決於法術』，但因『自秦以來千余歲祖非之治，時取得小效。戎夷崛起盛强，尤與非術相表裏』，乃發『豈其世變相類，有不可得二廢者歟?』轉以爲『非之言「所養非所用，所用非所養，此所以亂」，蓋莫之能易也』(《讀韓非子二首之一》)。於墨子，更以爲與孟子有相通之處：『兼愛者，墨子之大道。墨子知人之愛人

也不若天之愛人，故欲法天；知人之愛人也不若人之愛己，故欲同己。所謂以繩墨自矯而備世之急者，非耶？故孟子言仁義以塞天下之利，墨子言兼愛以矯天下之自私，其趣一也。』（《讀墨子》）

散原持心道學治統一論尤力，其説較修齊治平論實高出一籌，其説云：『聖人之心爲道，道爲學，學爲治。學也，道也，治也，皆生於聖人之心。聖人之心奈何？曰樂以終始而已矣。……儒者外樂以爲心，外心以爲求聖，於是道異學異治亦異，此古今升降聖俗之大辨也。』（《讀論語四首》之一）散原歷來認爲道術互爲表裏，以經世致用爲指歸，特爲强調士大夫應具參與社會政治時務之意識，乃至以身爲天下先。所以雖然認爲老子『不爲禍始，不爲福先』及『不敢爲天下先也』是『明天人消息……熟於衰世情僞』，却仍然不以韓退之稱柳子厚勇於爲人不自貴重之語爲然，『吾恐灰志士之心，塞公而忘私，國而忘家之義』（《書韓退之柳子厚墓志銘後》）。由是，散原自然亟亟以立綱紀，變士習爲要務了，否則，鄙陋之士只能成事不足而敗事有餘。下一段話就至爲痛切：『竊聞臨難毋苟免，食其禄者忠其事，天地之大經，聖賢之遺則，通之百世而莫能易者也。蓋人之生也，有羞惡之心，有不甘不屈之氣，根於性，立於義，發於誠，明於分，依之則爲人，違之甚或自陷於禽獸，當大難，臨不測，若皆泛泛然拱手委之，君誰與賴？國誰與捍？民誰與保？……故歐陽公於其史最反復傷之，引以爲鑒。且匪徒中國而已，彼環海之國不一，雖法制或歧，教俗或異，然使官吏不死職，將士不死綏，寧有存立盛强可指稱者耶？吾國新進學子馳觀域外，不深察其終始，猥獵一二不根膚説盛倡於綱紀陵夷士氣委靡之後，以忠爲戒，以死其君爲妄，潰名教之大防，絶彝常之系統，勢不至人心盡死，導而成浮游之奴虜之國不止，爲禍之烈，尚忍言哉！』（《南昌東湖六忠祠記》）散原所以有『辛亥之亂』語，即因由其而『天維人紀浸以壞滅』（《俞觚庵詩集序》）。對當時士大夫徒守空文，枉逞意氣，以致負智慧幹才者備受制肘束手無策，散原自有切膚之痛，以爲其根由在於『蓋忠良不據於其心，而無寧靜澹泊之天懷爲之根柢……本不立而俗不長厚』（《廖笙陔詩序》）。散原自己歷來不依不傍，極其反對士人挾私互相攻訐：『類曹好曹惡異同攻尚之習，竟以爲勝，非君子之所汲汲也。』此批評亦及風行其時之桐城派：『桐城家之言興，相獎以束於一途，固以嚴天下之辨矣，而墨守之過，狃於意局，或稍無以厭高才者之心。』（《龍壁山房文集敘》）

處於四夷逼迫之時代，散原對中國傳統的務本抑末之説可謂深惡痛絶：『貴農而賤商，……群安於陋簡，終於自蔽。逮四裔通互市，挾其智術攘以萬鈞之力，形見勢絀，益擾靡窮蹷不可救。』

《錢塘胡君墓表》)在視『士大夫學術論議亦以日殊異』爲理所當然之同時，更汲汲以爲：『夫習其利害，極其情變，所以自鏡也。蔽者爲之溺而不返，放離聖潔，因損其真。矯俗之士至欲塞其目閉目，擯不復道。二者皆惑，非所謂明天地之際，通古今之變者。』(《振綺堂叢書序》)

在當時，散原對傳統文化之態度不可謂不開放，其議孝道(《書晏孝子》)、議貞節(《書張貞女》)，即使置諸今日，亦可稱得當。雖然，這并不意味著散原能够容忍一切學説，其對種種『邪説』、『嘗試之説』絲毫不假以辭色，甚至罪及未始不爲尚有可取的言官制度，哀嘆道：『吾見後世之聽言矣於言置爲官，又設爲科，貿貿焉以爲名高而已。建一鼓號召天下之言者，而群閧之，於是言愈進，國愈紛；言者愈衆，國愈亂。積喪敗危亡不可救之局接踵繼軌，而莫之省寤。悲夫，亦孰知奸言并至，嘗試之説蜂起之禍之烈邪！』(《讀荀子五首》之三)散原認爲『采罾陵之説，用矯誣之術』者，於甲午之敗乃至大命之喪不得辭其咎(《庸闇尚書奏議序》)。面對邪説：『交熾陷溺人心，爲患烈且鉅，振古未有』之局，散原已然知道此乃『大勢之所趨，固坐視無可如何，』但『猶冀一二魁儒老學究聖哲之藴，持維防之約，本其醇意，高文漸被，徒友轉相移奪，徐待其定』(《桐城馬君墓志銘》)。

就各種嘗試之論而言，散原在細考其實兼及己情後尤不值民權與憲政之説，認爲二説都不適合中國。其論民權曰：『余嘗觀泰西民權之制，創行千五六百年，互有得失，近世論者或傳其溢言，痛拒極詆，比之叛逆，誠未免稍失其真，然必謂决可驟行而無後災餘患，亦誰復信之？彼其民權之所由興，大抵緣國大亂，暴君虐相迫促，國民逃死而自救，而非可高言於平世者也。』以爲義和團以空拳對兩洲七八雄國，慘遭屠害，其原因在於一二大臣之專制，不關垂拱之明聖，因此『余意民權之説轉當萌芽其間而并漸維君權之蔽，蓋天人相應，窮無複之之大勢備於此矣』(《清故光禄寺署正吴君墓表》)。至於憲政則徑以其『削足適履』(《祭于晦若侍郎文》)。對留洋歸國學生群起應和自然特爲不屑與憤懑，若有洋學生前來爲親屬乞銘，如夏敬觀所介紹者之例，當然會大得散原青眼(《高女墓志銘》)。

無庸諱言，散原之思想亦充滿矛盾，其説也自有迹近迂腐者，也不必爲之諱，然而，後人未必能予以同情之理解，似乎也未必真有批評之資格。散原之説自有歷久而彌新者：『世之恒言曰「有治人，無治法」。陳三立則曰：「有治法，無治人。」蓋所謂治人者，皆出於治法所由然，使之不得不爲治人者也，……幸而偶有其人也，遂偶有其政也，易一人則未可知也，亦嘆其爲暫而危。』

極力反對『貿貿然寄命於不知誰何之人』(《雜説》一)。

縱觀散原一生，意氣奮發有之，運籌帷幄有之，驚濤駭浪有之，憤世嫉俗有之，黯然神傷有之，詩酒酬唱有之……這固然是個人之歷史，同時更是十九世紀下半葉至二十世紀前半葉之中國史，折射了傳統賢士大夫由中心到邊緣之歷程，無可奈何自不必言，於國家民族福焉禍焉，又有誰人忍言？

憶十餘年前於海王村某書店覓獲《散原精舍詩》(宣統二年上海商務印書館代印本)，時爲之欣喜欲狂。封面有老主人題記『癸丑秋得於都門』，筆迹不俗，其名健憨，亦殊可喜，内挾第四千二百十九號《大公報》剪報一紙，係散原詩三首。得時書已闕數頁，亟從北大圖書館借本補抄，竟借得胡適之原藏本，封面題字純是胡風：『陳三立的詩集兩册，九・十二・十，胡適』。竊以爲又得過録適之批語，喜幾癲。檢遍全書，僅得適之二字，貴重過金。字在鄭序文末欄上：『不通』，爲之掩嘴。適之書散藏於北大，未作專藏，十分可惜。『《陳三立的詩集》』館藏號爲X1222・75 18a，録之以省來日翻檢之勞。

《散原精舍文集》之難得百倍於《詩集》。據故蔣秉南教授，《文集》『當係在老人逝世後諸子集聚時編定，直至民國三十八年八月，始由上海中華出版。』《文集》之所以難得即在此。若稍早於此，以散原之盛名，自不會一版而止，化身人間者何止百千？民國三十八年正值鼎革之際，書運不想可知。雖然，不幸中之萬幸，稍晚於此，《文集》自難應世，浩劫之後，稿亦難存。冥冥中似有天神呵護，可見天猶不欲喪斯文。至於散原諸子所撰識語中提及之待刊『别集』更不知尚在天壤間否？

男爵及其幻想：紀念鋼和泰

『每個男爵都有他的幻想』（Jeder Baron hat seine Phantasie）是一句古老的日爾曼格言，尊敬之中略微帶些調侃。平民眼裏的貴族，大致如此。

我要寫的正是一位男爵：鋼和泰男爵。洋文全名 Alexander von Staël-Holstein，『鋼』是 Staël 的意譯，『和泰』是 Holstein 的音譯，混合起來就組成了一個與中國學術史、教育史大有關聯的名字，而且是絶不該被忘却的名字。然而，國人確乎太善忘了。儘管近年來胡適之、陳寅恪日益成爲熱門話題，而『暴得大名』的適之先生却在聲名如日中天之際親自擔任這位男爵講課的口譯工作，并且還意猶未盡筆譯其文；『最有希望的讀書種子』寅恪先生在遊學十數年回國應聘清華，身列四大導師之後，仍在相當長的一段時間内，每個周末都進城與這位男爵共同研讀梵典，但是，鋼和泰這個名字如果説還未給抛到九霄雲外，大概實在也離爪哇國不遠了。星轉鬥移，彈指之間，這位充滿幻想，爲中國學術教育事業做出極大貢獻的男爵竟是墓木已拱了。

自忖還不算太善忘，總想寫篇文章紀念這位值得尊敬的男爵誕辰一百二十周年暨逝世六十周年，手邊却只有張永言教授賜寄的葉綏夫的文章（葉綏夫是 Serge Elisséeff 的中文名字，曾任哈佛大學日本語言文學教授，因而還有個日文名字英利世夫，著名歷史學家周一良教授曾是其高足）。而且，除了這篇文章之外，似乎也難以找到其他的紀念文字，鋼和泰男爵的身後寥落由此也可見一斑。即使這樣，國内看到過這篇文章的人恐怕也是寥寥無幾。於是便祇好以這篇文章爲主要依據，掇拾成文，幾近編譯。雖説只不過是聊勝於無，總也强過用遺忘來代替紀念吧。

鋼和泰男爵一八七七年一月一日出生於時屬俄羅斯帝國愛沙尼亞專區的波羅的海地區的家族領地，父親奧古斯都・馮・鋼和泰，是歷史悠久的波羅的海貴族的一員，和其他許多貴族有血緣關係，如法國著名作家德・鋼（de Staël）；母親卡特琳娜・馮・德爾帕荷倫同樣出身於聲名顯赫的貴族世家。少年時代的鋼和泰男爵自小在家裏受到良好教育，講德語和法語兩門語言。十歲左右，他被送到愛沙尼亞小鎮珀瑙的高級文科中學，許多波羅的海貴族都曾在那裏接受了大學前的基本教育。高級文科中學與衆不同之處就在於除了一般課程（如代數、幾何、三角、歐洲歷史及文學，在珀瑙自然還有俄語、俄國文學等），特別重視古典教學，鋼和泰在此學了八年拉丁文，六年希臘文。這在今天是難以想象的。畢業後，他順理成章地進入了父親和其他家族成員曾經就讀的多爾帕特（Dorpat）大學，在那裏讀了兩年人文學科科目。然後，使家族大爲驚

訝的是，他決定前往德國繼續研究古典文學并打算開始學習梵文。家族面對充滿幻想的年輕男爵只有自我安慰，反正研究梵文至少不會有損於源遠流長的高貴血統。於是，鋼和泰男爵在柏林大學讀了三年半，接著轉入哈勒的弗裏德裏克斯大學，獲得了哲學博士學銜，論文研究《羯磨燈》（Karmapradīpa）第二分。其第一分也是在哈勒由施羅德（F.Schrader）教授於一八八九年校釋出版的。

論文的成功加上優秀的古典學基礎及天賦，使得他在導師們的眼中成爲一個天生注定的學者。一回到俄國，鼎鼎大名的斯徹爾巴茨基（Stcherbatsky，名著 *Buddhist Logic* 的作者）和奥登堡（Oldenburg，名著 *Buddha* 的作者，曾從事中亞探險）就鼓勵他參加教師資格考試，以便在帝國大學任教。鋼和泰輕而易舉地通過了考試，但并没有即刻就任大學講席，而是加入外交部亞洲司印度處，充任譯員。原因大概是這個位置既可以提高社會地位，又不必坐班，魚與熊掌兼而得之，男爵就可以在家中繼續其語文學研究了。

不久，幻想中的鋼和泰男爵終於要前往幻想中的國度了，一九〇三年八月他抵達孟買。一九〇四年五月，他在俄國皇家地理學會人類學部宣讀的報告（後以《印度旅行記》爲名發表）中解釋道，就像研習歐洲古典的人夢想訪問希臘和義大利一樣，他也一直渴望去印度旅行，并爲能親履其地而狂喜不已。他用極爲輕快的筆調描繪穿越印度的旅途，拉合爾（Lahore，今屬巴基斯坦）的音樂學校令他興趣盎然，校中一位印度教徒能够背誦整部《梨俱吠陀》，還專門爲他吟唱了幾頌。在貝拿勒絲，他駐留了三月之久，那裏聚集著許多博學的智者，使他得以搜集到大量有關印度宗教生活的新鮮材料。鋼和泰在報告中最後闡述道，儘管印度部落、種姓、部派繁多，但是，每一個集體都以一位恪守傳統的婆羅門爲首，因此，只要對梵文典籍進行充分研究，就可以理解古老而又神秘的傳統。

五年之後的一九〇九年十一月六日，鋼和泰在帝國大學東方語言系做了一次學術講演，題爲《玄奘和最近考古調查的成果》。這次講演實際上是一種資格考察，不久，他就被指定爲帝國大學的編外講師。假如説《印度旅行記》展現了作爲年輕梵文學者的鋼和泰男爵對印度和梵文的滿懷熱情，那麼，後一次講演則表明，作爲一名受過良好訓練，擁有豐富知識，掌握正確方法的學者，他已經站在學術生涯的門口了。在這次講演中，鋼和泰指出，有關古代印度的記載極少，玄奘提供的材料彌足珍貴。他不厭其煩地列舉了人們是怎樣利用玄奘行記中的材料進行考古發掘，而

這一切又與斯坦因及其他學者的考古探險成果相互吻合。鋼和泰男爵對印度尤其是它和中國、中亞的文化關係的濃厚興趣顯而易見。

第一次世界大戰期間，鋼和泰的學生人數大爲減少，於是，他申請去中國兩年，到北京研究那裏所藏的藏文和蒙文文獻。一九一六年五月，鋼和泰離開彼得格勒，經西伯利亞前往北京。無論這位男爵如何富有幻想，也絕對想不到，他將永遠告别故土，前方的目的地將會是他度過餘生的第二故鄉。一九一七年，十月革命爆發，鋼和泰男爵的私人收入和薪水頓告中斷。凡爾賽條約簽訂後，新的愛沙尼亞共和國政府於一九一八年正式成立，新政府只爲男爵留下了極少部分産業，鋼和泰家族世代承襲的家業可謂頃刻化爲雲烟。他保留了愛沙尼亞國籍，人却留在了北京，試圖找到一個教職。經查爾斯·埃利奥特爵士（Sir Chares Eliot，曾於一九一二年任香港大學校長，一九一九—一九二六年任英國駐日本大使，著有《印度教與佛教史綱》，漢譯僅見第一卷，李榮熙譯，商務印書館一九八二年出版）介紹，適之先生請他到北京大學教梵文和印度古宗教史（中華書局一九八五年版《胡適的日記》一九三七年三月十六日下）。學生自然不會多，薪水又時斷時續，過慣優裕生活的男爵也只能像大多數『白俄』那樣勉强度日。以烈維（Lévi）和富舍（Foucher）爲首的法國同行試圖施以援手，然而，鋼和泰留在了中國，在艱難的歲月中平静地繼續佛教和梵文研究。葉綏夫説，鋼和泰男爵堅信中國需要他來培養梵文學者！此時的男爵仍然滿懷著可敬的幻想。

也許多少能使男爵自己和我們後人略感欣慰的是，鋼和泰在中國并不孤獨，他的學術造詣得到了中國學者的承認與尊敬。還是來翻翻《胡適的日記》吧：一九二二年五月十一日『與Baron Staël Holstein, Prof. Bevan, Mr. Gravi同去參觀京師圖書館』。二十四日『到俄舊使館……同席的爲鋼和泰男爵與丁在君』。二十七日『七點，文友會在來今雨軒開會，到者二十七人，鋼男爵演説《佛陀傳説中的歷史的部分》，鋼先生是俄國第一流學者，專治印度史和佛教史』。九月二十二日『晚間鋼和泰先生邀我與任公、在君吃飯。鋼先生近治《寶積經》的一部分，用四種中文譯本與梵文本及藏文本對勘，用力至勤，極可佩服。近來他又研究菩提流支譯的《大寶積經論》（金陵本），用藏文本對校，校出許多錯誤來。……鋼先生這番功夫，於我們大有益處。他期望大學能設一個Department of Indian and Central Asian Philology（印度及中亞語文學系）』。二十五日，適之先生又爲鋼和泰事致函蔡孑民先生：『鋼和泰先生前夜談及巴黎、倫敦、柏林之東方學者現方著手整理

《佛藏》，有信請他在中國方面覓人分任此事。他把信給我看了，信上説他們可以供給他需用的書報雜志等。他因談起，北大可以向歐洲各東方學研究機關索取各種書報，他可以擔任通信接洽的事。……我又想圖書館本有「東方室」久同虛設，不如給他管理，將來一定有大成績，因爲他的學業名望是歐洲東方學者都公認的。』十月二十三日『讀鋼先生的古印度史講義稿，其首論梵文一篇，甚有用』。二十四日『下午，爲鋼男爵譯述二時』。三十一日『上課。爲鋼先生譯述二時。鋼先生因爲我肯替他翻譯，故他很高興。此次的講義皆重新寫過，我也得許多益處』。十一月七日、十四日皆『爲鋼先生譯述二時』。一九二二年二月六日『爲鋼和泰先生譯「印度古宗教史」兩點鐘』。十三日『上課，爲鋼先生譯「古印度宗教史」二時。今天講完吠陀的宗教，共講了三個月，我自己也得益不淺』。二十日『上課，爲鋼先生譯述二時』。記録了鋼和泰研究『本行經』的結果。二十七日『譯述二時』。三月二十日『上課。鋼先生説，巴利《佛藏》與大乘經藏不同之點，甚可注意』。二十六日『至鋼先生家吃茶』。四月四日『與一涵、澤涵、冬秀、祖兒同遊西山。在西山旅館吃飯後，他們上山逛八大處，我在旅館裏看鋼先生的《陀羅尼與中國古音》一文（此文當即發表在《國學季刊》一九二三年一期四七—五六頁的《音譯梵書與中國古音》，下面將談到它對音韻學研究的巨大影響——引者）。鋼先生引法天的梵咒譯音來考證當時的音讀，很多可驚的發現』。六日、七日、八日、九日都翻譯此文，并擬替鋼和泰考出法天的時代。五月九日『鋼先生來談。他説，北京飯店到了一批書，需二百六十元左右，他無錢購買，很可惜的。我看了他的單子，答應替他設法。下午一時，到公園會見在君與文伯，向文伯借了一百塊錢，到北京飯店，付了一百元的現款，把這些書都買下來了』。八月二十九日『邀鋼先生和雷興先生到公園吃茶，偶談學術上個人才性的不同。尉禮賢對於中國學術，有一種心悦誠服的熱誠，故能十分奮勇，譯出十幾部古書，風行德國。鋼、雷和我都太多批評的態度與歷史的眼光，故不能有這種盲目的熱誠。然而我們三人也自有我們的奮勇處』。

適之先生的文字就抄到這裏，暫時打住，未必抄全，何况日記本身就殘缺不全。文抄公却仍然要做下去。在他自己的專門領域裏不必多説什麽了，鋼和泰男爵的影響還及於漢語音韻學。爲了便於説明問題，最好的辦法是引用權威學者的意見。於是只好再抄録羅莘田先生名著《唐五代西北方音》『自序』開頭的一小段話了：『自從一九二三年鋼和泰發表了那篇《音譯梵書和中國古音》之後，國内學者第一個應用漢梵對音來考訂中國古音的，要算是汪榮寶的《歌戈魚虞

模古讀考》。因爲這篇文章雖然引起了古音學上空前的大辯論，可是對於擬測漢字的古音確實開闢了一條新途徑。我在《知徹澄娘音讀考》那篇論文裏也曾經應用這種方法考訂過中古聲母的讀音問題，我相信如果有人肯向這塊廣袤的荒田去耕植，一定還會有更滿意的收穫！』可見鋼和泰男爵的影響不僅在於考證某個問題，而是提供了一套行之有效的方法！

一九二六年，經過校訂的《寶積經普明菩薩會》梵文原本（附藏文及漢文譯本）終於在上海出版了。這是鋼和泰男爵最重要的學術成就之一。這項工作開始於彼得格勒，完成於中國，大概也是一種因緣吧。

鋼和泰淵博的梵、藏學識以及對佛教和喇嘛教的濃厚興趣，竟使他成爲許多佛教高僧和喇嘛們的朋友。他們千里迢迢前來拜會這位著名學者。男爵也由此直接感受到不同的宗教傳統，并且對佛教和喇嘛教的日益衰微戚戚於心。他竭盡全力收集圖片資料。一九二六年，他獲准參觀很久以來完全被人遺忘了的深處故宫的幾座喇嘛廟。在其中一座的樓上，他意外地發現了由七百八十七尊小銅像組成的喇嘛教神殿。欣喜若狂之餘，他著手拍攝照片。然而，僅僅只拍完了樓上的銅像，故宫方面就不允許他進一步拍攝了，一項很有意義的計劃就此夭折。

一九二八年，鋼和泰前往美國劍橋，將有關『兩座喇嘛教神殿』的資料交給哈佛大學圖書館以備出版。此年，作爲訪問教授，鋼和泰在哈佛授課。一九二九年九月就任中亞語文學教授，同年返回北平。這項任命使他的學術生涯和日常生活大爲改觀，不久就和同樣出生於貴族世家的奧爾嘉·馮·格瑞夫小姐結爲夫妻。

在鋼和泰的指導下，中印學院成立了。在中西方學者以及中國西藏、蒙古的喇嘛合作之下，他得以在更爲寬廣的領域中進行梵、藏、漢佛教文獻的比較研究。中國學者對鋼和泰的研究成果十分欣賞，有人甚至想把他選爲中央研究院院士，法國也授予他榮譽軍團十字勛章。鋼和泰男爵的學術生涯在中國達到了頂峰。大約就是在這期間，他和寅恪先生相識并且定期共同研讀梵典（《陳寅恪先生編年事輯》卷中在一九三三年條下引『流求筆記』提到兩位先生的交往）。

他的另一篇重要論文《一份在乾隆年間譯成梵文、在道光年間譯成漢文的藏文文獻》發表於一九三二年的《北平國立圖書館館刊》。古代藏文文獻有相當大一部分譯自梵文，這是僅有的例外，在文化交流史上自有獨特價值。一九三五年六月出版的《燕京學報》的首篇即是鋼和泰晚年最具價值的論文《論對十世紀漢字音譯梵贊的重新構擬》，通過構擬《佛説聖觀自在菩薩梵贊》的

梵文原本，再次强調了這些音譯，尤其是音譯梵贊，不僅對於梵文研究意義重大，對於漢語音韵史研究也同樣如此；文章還特別指出，藏文本在比較漢語音譯和梵文原字時是不可替代的。

鋼和泰男爵在生命的最後五年裏，儘管健康狀況惡劣，却置醫囑於不顧，依然拚命工作。一九三七年起，病情惡化，二月二日就醫診視，血壓已高達三百二十，終於一病不起，於三月十日去世。適之先生在當天的日記裏寫道：『鋼先生是一個純粹學人，終身尋求知識，老而不倦。』可謂知音。十八日，『十一時，與孟真、子水、從吾同到鋼和泰的奠儀，到者甚多。當奏音樂時，我不覺墮泪』。

充滿幻想的鋼和泰男爵身後留下了二十九種精深的論著，還有一妻一子一女，和一個在東西方人看來都有些稀奇古怪的高貴姓氏。

俠儒經師黃季剛

『弟子不必不如師，師不必賢於弟子』的道理原本不難明白，可謂是一句平常話語，但一出自『文起八代之衰』的韓愈之口，自然就不同了。久而久之，前一句話成了一些心比天高而不幸才比紙薄的後生們的尚方劍，後一句，則成了一些『都都平丈我』的所謂先生們的護身符。若起昌黎先生於地下，恐怕他老人家也只能徒嘆奈何吧！

真正當得上這兩句話的師弟實在是少而又少，而章太炎黃季剛可謂符合至極。章太炎一直是後來學者們的熱門課題，而黃侃除了在極小的專門範圍内仍時常有人道及，對大部分讀書人來説，恐怕是快要淡忘了。這正應了章太炎在《黃季剛墓志銘》中所説的話：『世多知季剛之學，其志行世莫得聞也。』

今年正值辛亥革命八十周年，而這位當年參加革命，而後又蜚聲學界的黃季剛先生『傷酒』辭世也已有五十六個年頭了。

這篇小文不敢妄評先賢之學，那是專家們的事情，我們只想更多地把季剛先生看成是一個『學人』，而不僅僅著眼於他作爲『學者』的一面，看一看以辛亥爲標志的那個偉大時代涌現出來

的人物。那是個風雲變幻、光怪陸離的時代，爲它所哺育并被它的浪潮推涌出歷史地平綫的人都共同帶有鮮明的烙印：複雜、矛盾。一言以蔽之，在後來者看起來，就是——怪。

與康有爲相比，太炎先生門下承學之士極多，季剛先生尤爲卓然不群。錢穆先生云：『章氏去日本，從學者甚衆，然皆務專門，鮮通學，惟黃侃一人，最爲章氏門人所敬。』（《現代中國學術論衡》一——二頁）太炎先生自己也説：『學者雖聰慧過人，其始必以愚自處，離經辨志，不異童蒙。良久乃用其智。即發露頭角矣，自爾以往，又當以愚自處。不過三年，昭然若撥雲霧見青天者。斯後智愚雜用，無所不可。余弟子中獨季剛深窺斯旨。』（《菿漢閑話》）

季剛先生之所以投入章氏門下，其原因恐怕是師徒倆俠氣相投。那個時代留過洋的讀書人不是滿身俠氣，就是滿身怪氣。這并不奇怪，因爲那個時代所急需的與其説是純儒，還不若説是俠儒。儒而不俠，在當時就自現其怪。

太炎先生的俠氣不僅表現在投身革命、爲鄒容的《革命軍》作序，甚至也不僅僅是表現在大受魯迅先生激賞的用大勛章作扇墜，大罵蠹賊，因而被囚錢糧胡同；我們是否可以説，一氣之下欲赴天竺爲浮屠，乃至後來與當年的革命同志意見不一而大鬧彆扭也多少有些俠怪之氣呢？在

學理上，太炎先生也極推崇因無書而『不得附九流』的俠，不顧『豈惟儒家擯之，八家亦并擯之』，徑以『儒俠』名《訄書》之第五。太炎先生説『大俠不世出』，『然天下有亟事，非俠士無足屬』，而且這一條在重印本《檢論》中屢經增補，可見推許。而季剛先生對俠的推重比太炎先生可謂有過之而無不及。這一點在最早用筆名『運甓』發表在一九〇七年《民報》十八期的《釋俠》中有淋漓盡致的表述。

季剛先生寫道：『俠者，以夾輔群生爲志者也』，而當時『異族相殘，虔劉無藝，及其震叠威力，厥角若崩焉。乃暴虐貪殘，肆於民上，稍有蠢動，則遭芟夷』，正是俠者『夾輔弱族之時也』。『俠者，有所挾持以行其意者也』，既有所挾持則『若蹴華岳以壓柔條，決海水以沃爝火，有何不滅者！』又説『俠者，其途徑狹隘者也』，因爲救民之道雖多，而『獨取諸暗條，道不亦狹隘乎？』又説『俠者，其心寧靜，其事爽捷，其自藏幽瘞者也』，於是就可以『臨事奮發，雖以千萬人當之而不驚』。

在辛亥前夕這一特定的歷史階段裏，季剛先生自然將驅滿作爲俠的首要任務。在《專一之驅滿主義》一文中，季剛先生認爲『所亟者固當在種族之興衰，而不在政治上之良惡』，理由是『種

之不保，何有於政』，因此『謂種爲大，而政次之』，所以『吾曹所急，唯在摧破之事。而不必遽謀建設之方』。面對當時的情況及出於『滿人之增，漢人之滅』的考慮，作爲一名激烈的民族主義者，季剛先生理所當然地認爲『是故建設之政治，爲吾曹所不必預謀，謀之亦不克於無敗，則毋寧即事於種族之振興。種族不亡，其苦也有畛，種族既已覆滅，有椎心泣血以求此苦政而不可得者已』。

季剛先生不僅任俠以驅滿之重任，甚至將拯救生民這一任務也托付給了俠士。在《釋俠》一文中，他說：『世宙晦塞，民生多艱，平均之象，佴兆而弗見，則怨讟之聲，聞於九天。其誰拯之？時維俠乎。……雖危起居，竟信其志，猶將不忘百姓之病。非大俠其孰能與於斯？古之聖哲，悲世之沈淪，哀烝民之失職，窮厄不變其救天下之心，此俠之操也。』

俠成了儒的理念的實施者，或者説二者原本就不可分。『俠之名，在昔恒與儒儗。儒行所言，固俠之模略』，又云『相人偶爲仁，而夾人爲俠。仁俠異名而有一德。義者，宜也。濟元元之困苦，宜孰大焉。儒者言仁義，仁義之大，舍俠者莫任矣。』

這種儒俠互釋，擅長小學功夫的季剛先生似不應有此種誤解。有可解釋者，恐是那個時代憤世衰弱，扼腕悲嘆，而儒學尚文不尚武，於是崇高剛毅，倡行武德爲天下率之風尚所使然。

其實，觀司馬遷作刺客列傳，我們就可以有感於一個文化現象，又不知如何闡釋爲好。春秋戰國，刺客輩出，鉏麑刺趙盾，專諸刺吴王，聶政刺韓傀……而西漢以降，以俠著名者日稀。其原因，一説爲『俠之不作，皆儒之爲梗』（湯增壁《崇俠篇》）。自西漢儒學定爲一尊，專崇六經，儒者挾天人之説，爲愚民禍始，而我民族勇健之質日就泯滅，無足與豪横者抗爭。這恐怕也是民德墮落，俠者日稀的原因。近代激進學人則以爲『極高明而道中庸』的儒學實爲國危種亡的罪魁，遂有『舍儒而崇俠』之論，并多有付諸行動，刺殺清朝大臣者。無論如何評説，『整頓乾坤手段，指授英雄方略』。在辛亥革命前十年的各種報刊中有大量文章推崇俠士之風，《中國白話報》載國民教育内容之一，即如何培養刺客文，從政治思想、體魄訓練、使用先進武器等方面設立課程。季剛先生之所以儒俠并稱，大概是他在另一方面仍堅持『體國經野，事資學術』的緣故吧！

思想上的共鳴再加上對季剛先生文辭情才的贊賞，使得太炎先生『見君文，奇之，要君往見，遂執贄稱弟子』（《蘄春黄君墓表》）。這裏頭大概還有一個原因，季剛先生在《釋俠》中提出的『尚覽古文字，大氏原於聲音，音通而義即相函』爲前提，『取其同聲之字，鈎索而比附之，以定斯字之

誼』的方法充分反映出『自幼能辨音韵』(《中央大學文藝叢刊黃季剛先生遺著專號序》)的才華功底，而且這與太炎先生所使用的方法别無二致。太炎先生可謂慧眼識人。據黃焯先生言，一九〇七年春季剛先生回國省親，去向太炎先生辭行。太炎先生説『務學莫如務求師，回顧國内，能爲君師者少，瑞安孫仲容先生尚在，君歸可往見之。』季剛先生没有馬上回答，太炎先生又説『君如不即歸，必欲得師；如仆亦可。』(《季剛先生生平及其著述》)耀先生是季剛先生從子，其説自當可信。

時代不會輕易允許每一個人——作爲一個人，總有其自身局限——都實現他的理想。季剛先生儘管也没有完全實現其理想，但確實是將理想付諸實行的。他曾加入同盟會，并因此而使得當時極爲賞識他的張之洞停止了官費資助；一九一〇年奔走於武昌、蘄春之間鼓吹革命，號召民衆，被豪傑之士稱爲『黃十公子』；回鄉發動孝義會，組織革命軍，謀『躡北軍之後。事泄，幾不免』(《蘄春黃君墓表》)。一九一三年，在《癸丑二月江行贈宋遁初》中，季剛先生寫道『中國獨分崩，筌宰責誰貸』。已經看清了袁世凱之圖，認定宋教仁的政治思想不可能實現，而自己也不再過問政治了。『自度不能與時俗諧，不肯求仕宦。』(《黃季剛墓志銘》)

儘管如此，這一身俠骨俠氣又豈可遽滅。在不再需要俠的年代裏，季剛先生只能吟出『此日窮途士，當年遊俠人。一朝時運乖，宿願不後申』(《效庾子山咏懷》九首之六)這樣令人感思的詩句了。在不需要俠的年代裏滿帶俠氣地生活并出任經師，季剛先生有些怪，實在是不足爲奇的了；而且也正是由於這怪，才能使季剛先生這一代經師人師的道德文章彪炳千秋！

一九一三年季剛先生應蔡元培之聘到北京大學文科任教，從此開始了他的教授生涯。據馮友蘭先生回憶，季剛先生『很叫座』，學生們甚至將他吟讀詩文之調命名爲『黃調』。芝生先生還用它教沅君先生(《三松堂自序》第三七—三八頁)。不久，『章黃之學』也不知不覺地叫開了。無論如何，在師徒俱在世的情況之下，能共名師門之學，恐怕在中國歷史上也是絕無僅有的，更何況是與太炎先生這樣一位不世出的大師齊名呢？

季剛先生的敦古是有名的，比古人取去『天九』，甚至於『敦古不暇，無勞於自造』(《黃侃遺書序》)，『見人持論不合古義，即眙視不與言』(《黃季剛墓志銘》)。但這絶不是佞古，而是『疑事毋質，直而勿有』，『不輕改舊文，不輕駁前説』(《季剛先生生平及其著述》)，也就是殷孟倫先生所説的『治學先從繼承入手』(《談黃侃先生的治學態度和方法》)。更爲有名的，恐怕是季剛先

生的師道。

季剛先生既拜太炎先生爲師，據殷孟倫先生回憶：『二十余年間執弟子禮始終甚恭敬，臨終前猶連連自言「垂老無成，辜負明恩」。他師事章先生，有議及章先生者必盛氣爭之。』（《談黃侃先生的治學態度和方法》）但這絕不等於泥於師説。他對太炎先生的名著《文始》、《新方言》均有所批評，而且可謂激烈。如説《文始》十分之四可商榷；評《新方言》則説：『非無一二精到之論，而比附穿鑿者衆。』（《訓詁學講詞》）在古文字學上，與乃師分歧更大。太炎先生不以甲骨爲然，有其《答金祖同論甲骨文書》爲證。而季剛先生則以爲『其物未必皆贋』（《説文略説》）。而且自己就有研究的打算。在《與徐行可書》中就説：『近世洹上發得古龜，斷缺之餘，亦有瑰寶。惜搜尋未遍，難以詳言。倘於此追索變易之情，以正謬悠之説，實所願也』，并一再托人代購有關書籍資料。由此可見，太炎先生所云『其爲學一依師法，不敢失尺寸』（《黃季剛墓志銘》）只是一方面而已。

更爲學林所傳誦的則是季剛先生拜年齡相若而且交友已多年的劉師培先生爲師。當其時也，季剛先生早已成名，與申叔各有專長。這一拜師舉動可謂震動士林，且多有不解者，連太炎先生也知『季剛小學文辭，殆過申叔，何遽改從北面？』而且季剛先生也『嘗謂小學辭章，度越劉君』（《黃季剛先生遺書影印記》），但申叔四世傳經，《三禮》爲劉氏家學。季剛先生『重其説經有法』，拜申叔先生爲師，值此時申叔先生患肺病至重。據温楚珩先生説，季剛先生於此時拜師，實爲『不如此不足以繼絶學』（見《辛亥武昌首義人物傳》）。這種『道之所存，師之所存』的境界令人肅然起敬。但季剛先生師道重於師人，一九一五年申叔想拉季剛先生入籌安會，季剛先生拍案瞋目：『如是，請劉先生一身任之。』而在劉師培病重之時，扶服四拜，這種舉動，非俠儒不爲！尤爲令人感佩的是季剛先生一直以『先師』稱申叔。《先師劉君小祥奠文》起首一句即是：『庚申年壬申朔，越六日戊寅，弟子楚人黃侃自武昌爲文奠我先師劉君』，文中説：『齒雖相若，道則既尊』，『敬佩之深，改從北面。夙好文字，經術誠疏，自值夫子，始辨津塗』。讀到這樣的至文，除了感嘆今日『師道之不存』，還能説些什麼呢？

作爲以小學爲主要領域的一代大師，更令人欽佩的，是季剛先生絶少或説没有門户之見，没有師説的門户之見，甚至没有漢宋之學的門户之見，後者就更爲難能可貴了。在《與潘婿書》中，季剛先生説道：『若夫養心制行，非問道於宋明先儒不可。近日日讀宋元明學案一卷，對於生平

行事，悔吝多矣，何術以晚蓋？尚不能知也。』他還以『學問文章當以四海爲量，以千載爲心』『以高明廣大爲貴』（《蘄春黃先生雅言札記》）的胸懷，批評清儒的驟言通假，爲小學懸起一個前所未有的高標格：『今日籀讀古書，當潛心考察文義，而不可斷取單辭。舊解説雖不可盡信，而無條條遜於後師之理。廓然大公，心如明鏡，然後可以通古今之郵，息漢宋之諍。』（汪東《讀〈王先謙《荀子集解》札記〉序》）

所以，在季剛先生眼裏，『學問』二字是極爲神聖的：學問有三德『正德、利用、厚生』；學問是『爲天地立心，爲生民立命，爲往聖繼絶學，爲萬世開太平』。

季剛先生就是這樣一位俠儒經師。一方面倨傲異常，與陳漢章先生言小學不相中，就要用刀杖相决；一方面又從善如流，與汪東同登匡廬，在絶險處火滅，對汪東神氣自若，嘆服至極。一方面定要弟子跪拜行拜師禮，一方面爲了留弟子多住幾天，竟爲弟子點一部書！

雖然季剛先生身上有許多東西只可能屬於他所生活的那個時代，但畢竟有許多東西是有永恒的價值的。季剛先生一意學術至死不渝，他的苦讀，他的對『煞書頭』的譏諷，臨終前猶不停圈點，侍母純孝，待友純義……都是承繼了民族文化的優良傳統。

季剛先生是英年早逝的。他的死乍一看似乎純然是『傷酒』。其實這酒是季剛先生爲民族而飲的苦酒，對亡國亡種的憂慮一直存繫於這位俠儒的心頭。汪東先生在《蘄春黃君墓表》中説，季剛先生『晚歲講學金陵，聲聞日遠，東邦承學之士多踵門請益。遼瀋變起，君憤恨絶弗與通』。年輕時的俠氣在異族入侵、民族又一次面臨危機的時刻再一次勃發。但是，季剛先生已無法再『長劍隨身』了，令人欲哭無淚，季剛先生『既志在恢復，嘗以易象占之，得《明夷六二》，曰：「明夷於左股，是其驗矣，唯應天合衆者，始有吉征。今非所望？繇是鬱鬱不自聊，益縱飲，或聲之於詩。』（《蘄春黃君墓表》）我們現在可以理解了爲什麼季剛先生在重九之日登豁蒙樓時會意不樂；我們現在可以理解了爲什麼季剛先生臨終前猶問家人：『河北近況如何？』最後嘆息道：『難道國事果真到了不可爲的地步了嗎？』這絶不是臨終囈語！

季剛先生卒於五十大壽後不久。該年春月，太炎先生從蘇州寄來賀聯云：『韋編三絶今知命，黄絹初裁好著書。』這兩聯原不難解。上聯用『五十而知命』，下聯則有一段底話。季剛先生最忌急於著書，常以顧炎武『著書必前之所未嘗有，後之所不可無』自誡并告誡弟子。太炎先生以師長之尊，曾勸季剛先生著書，『人輕著書，妄也。子重著書，吝也。妄不智，吝不仁』（《黃季剛

墓志銘》），甚至還有些微詞：『季剛則不著一字，失在太秘』（《致潘承弼書五》），季剛先生答以年五十當著紙筆。因而上下聯均有所指。然而一代巨匠太炎先生竟没有留意上聯中有『絶』『命』二字！汪辟疆先生爲之嘆息道『見者咸嘆其工麗，而不虞龍蛇之讖，即隱寓其中。豈生死果有定數耶？』（《悼黄季剛先生》）其實，季剛先生已經覺察此讖了，他曾指之語劉賾先生：『此中有「絶命」二字』（《師門憶語》），竟於同年十月病故。

嗚呼，偉人之死雖不一定有其定數，但總會與常人不同吧？

此文與王守常合作

趙元任的笑與哭

西諺有云：一個人的性格就是他的命運。這句話若是放到本世紀的中國學者身上，真可謂是風馬牛不相及了。道理并不難明白：試問，除了屈指可數的幾個例外，誰能够確保自己的性格不被扭曲，自由地發抒？誰能够真正地獨立，以本自天然的性格創造自己的命運？

趙元任則無疑當屬最爲幸運的例外之列。老天賜其獨厚，不僅給了他從事語言學研究和音樂創作所必須的『機官』（胡適語，原文如此）以及超凡脱俗的天分，還使他得享天年，而且給了他同時代人無法企及的機遇，三十三歲即與梁啓超、王國維、陳寅恪并列爲清華國學研究院四大導師，在故國陷於戰亂、瘋狂之時，又使他得以遠渡重洋，在世界一流學府中治學著述、授業解惑。因此，趙元任八十九歲的一生在很大程度是如意遂願、平靜安穩的，絶非亂世苟活。

這些當然都是值得羨慕的。不過，在凡夫俗子如我看來，實在是可遇不可求，過於高遠了。我羨慕的倒是趙元任順由其『滑稽生性』（還是胡適語），懷著『女人對男人的愛』（指對於學術的興趣，趙元任自己的比喻）和『男人對女人的愛』（指對於藝術的興趣），終其一生樂此不疲，以學術爲志業。『玩』和『學問』兩不耽誤，相得益彰。語云『知之者不如好之者，好之者不如樂之者』。

趙元任就是『樂之者』。可以説，趙元任才是真正達到了『玩學問』的境界。與此相比，時下强作瀟灑自居『玩學問』的學人，至多不過是叫花子過年——窮開心或苦中作樂——罷了；至於那些以爲學問誰都配玩的學術票友之流，那更是東施效顰，不堪與語了。

一九二六年，時年三十七歲的趙元任在《清華校刊》發表了十八條格言體的《語條兒》，其中有：『没有預備好例如，别先發議論。』長者教不可違，下面就是『例如』。需要説明的是，首先，例子都出自趙元任的女公子趙新那、女婿黄培雲所編《趙元任年譜》（商務印書館一九九八年版）；其次，除了實在有趣的幾個例子，其餘都取與趙元任的學術興趣發展有關，且有一以貫之的脉絡可尋者。趙元任一生趣事妙語極多，可見《年譜》。

趙元任十三歲時，爲了使人聽不懂，先是用反切説話，後來更進一步，倒轉反切。後來，倒轉説話不僅是他多次表演的拿手節目，而且還成了他學術研究的課題，并有論文發表。再例如，趙元任從小就將英文字縮略，自創一套速寫方法。十五歲時某日日記有：『bk la wd 2 pg』，意思是『書大字二頁』（book large word 2 page）。不中不洋，别人自然莫名其妙，時間一長，發明者本人也未必搞得明白。這種創造性縮略的方法，趙元任後來使用得不少。多年前，美國費城大學著名漢學家梅維恒教授曾惠賜『Chinoperl』（『中國演唱文學』：*Chinese Oral and Performing Literature*）一册，當時就對這個别出心裁的創造性縮略佩服得五體投地。讀了《年譜》才知道，這個電腦拒絶承認，必定用紅色糾錯綫標出的『英文字』乃是趙元任在一九六九年提議的。還有純粹的創造。洋人原不知中國烹調之『炒』爲何物，『stirfrying』就是趙元任發明，教給洋人的。電腦也不認，洋人可是經常要用。趙元任是著名的翻譯家，曾經寫有專文討論翻譯的信達雅問題，所譯的《阿麗思漫遊奇境記》早已膾炙人口。他對翻譯的關注是隨時隨地的。有些譯法很出人意表，如一直將『親愛的』音譯作『迪呀』，將法語的『你會説法語嗎？』（Plarlez vous francaise）音譯成『巴黎夫浪色』，更是令人不由地發笑。諸如此類的例子在《年譜》裏俯拾便是。

對語言文字，趙元任的確妙用到了出神入化的地步。比如，在《國語留聲片課本》第七課中用『葷油炒菜吃』、『偷嘗兩塊肉』爲例來説明『五字五聲』，妥帖之餘，妙趣横生。堪稱『玩學問』之妙注。但是，以趙元任之好玩，出神入化偶爾也會變成『入神出化』。兹舉兩例。趙夫人楊步偉的《中國食譜》在美國是頗爲暢銷的。出版前先由女兒英譯，趙元任嫌譯得太單調，接管了翻譯工作。技癢難耐，在『炒鸡蛋』這道菜下用英文加了個注：『當兩個蛋碰撞時，由於只有一個

蛋撞碎，因此需要取第七個蛋來敲碎第六個蛋。如果，這也是很可能發生的事，第七個蛋先被敲碎而不是第六個時，最簡便的方法就是用第七個蛋而把第六個蛋放回去。另一個辦法就是先不確認蛋的順序，而是把第五個蛋以後被敲碎的那個蛋定義爲第六個蛋。』英文更妙。結果當然是被解除翻譯職務。另一個例子是，一九五二年，趙元任用准同音異形字寫成得意之作《石室詩士食獅史》，意猶未盡，四年後又成兩篇《憶漪姨醫疫》、《記饑鷄集機脊》。在語言學界常被引用。第一篇還被《大英百科全書》收集在有關中國語文項内。衆所周知，趙元任參與倡導并且一貫支持漢語（羅馬字）拼音化，而上述三篇戲作倘若拼音化，如果不計四聲音調符號，都只需要、只能夠用一個拼音，分别是『shi』、『yi』、『ji』，却正反映了漢語不同於拼音文字，因而難於拼音化的特點。這和自己的一貫立場完全相悖，而且替中文拼音化的反對者提供了他們自己未必想得出來的絶妙佳例。看來是玩的成分居多了。

趙元任的漫長一生就是這樣任由其自然天性，在親密和睦的家庭裏生活，在相對公平的環境中工作，兩者水乳交融，走著以學術爲志業的道路，創造著自己的命運。『平常總是笑眯眯的』（趙元任長女如蘭語）。愉快的笑并非只是點綴，而是他生命的基調和主旋律。

很久以來，我一直有個疑問，趙元任難道就只有笑没有哭嗎？翻遍厚達近六百頁，長達近四十五萬字的《年譜》，似乎也只有兩處提到趙元任『哭了』。一處是一九四九年二月二日，『擬祭薩（本棟）文稿寫哭了』。如果説這次哭還僅僅是有關私人交誼的個人感情的流露，那麽，另外一次恐怕就是那一代的學人在所難免，共同的悲情宣泄了。事在一九五六年（時年六十四歲）：『五月二日，擬灌制《長恨歌》與《琵琶行》録音帶，幾次試誦，總以情不自禁，泣不成聲，不能卒讀而告終。最後只得改録其他一些短詩。』日記載：『下午灌唐詩，練長恨歌琵琶行，老哭，只好灌了幾個短的。』看到這段催人泪下的文字，人們自然會聯想到和趙元任同時代的許多學人，如陳寅恪、湯用彤、吴宓，等等。培雲注：『通過此事，可以略見元任先生對中國古文化感受之深，感情之豐富，亦難免有天涯淪落之感。』真可謂知言。趙元任的一生基本過的是象牙塔式的學院生活，表面上看來好像不食人間烟火，實際上他的『人生觀是入世的』（如蘭對其父一生的總結）。實則那一代的學人都是入世的，而其入世背後的真精神就是這種未必流露，却又是無法克制更無法消滅的文化悲情。

一九四五年，趙元任作爲美國語言學會主席致辭，一如既往的幽默風趣，照例十分注意别人

的反應，是否都笑了。在當天的日記中得意地寫道：『got the laughs where intended』（該笑的地方都笑了）。我想，這也是對趙元任一生最好的總結了——『該笑的地方都笑了』。

許多年以前，我在海澱的一個冷攤上意外地買到過一本《現代吴語的研究》初刊本，封面上有趙元任親筆題簽：『八勒佗叔叔格』。封底有這位叔叔的鉛筆題記：『時元任侄將赴粤調查也』，其名『忍林』。而今思人思書，真是哭也未必，笑也無由了。

附録三篇

《石室詩士食獅史》

石室詩士施氏嗜獅誓食十獅士時時適市視獅十時氏適市適十獅適市是時氏視十獅恃十石矢勢使是十獅逝世氏拾是十獅尸適石室石室濕氏使侍拭石室石室拭氏始試食是十獅尸食時始識是十獅尸實十石獅尸是時氏始識是實事實試釋是事

《憶漪姨醫疫》

漪姨悒悒易衣倚椅意疑異疫宜詣醫醫意以蟻胰醫姨疫醫以弋弋億蟻蟻一一殪蟻胰溢醫移蟻胰以醫姨疫姨疫以醫姨怡怡以夷衣貽醫醫亦怡怡噫醫以蟻姨醫漪姨疫亦異已漪姨以夷衣貽醫亦益異已矣

《記饑鶏集機脊》

唧唧鶏唧唧幾鶏擠擠集機脊機極疾鶏饑極鶏冀已技擊及鯽機既濟薊畿鶏計疾機激幾鯽機疾極鯽極急急擠集磯級際繼即鯽迹極寂寂繼即幾鶏既饑即唧唧

江流世變心難轉

——吴宓先生的偉大悲劇

我們的歷史有太多的遺憾。大江東去浪淘沙，可惜築上了無數堤壩的東去大江泥沙俱下，也埋没了無數的金子。衹是金子終究不同於泥沙，早晚會以其固有的光澤讓世人矚目。吴宓差不多已被埋掩了大半個世紀。如果説人們對這個名字多少還有些記憶，那麽不同年齡的人的記憶也是不同的。而今上了年紀的人記得他是在新文化運動勢如破竹之時猶在振臂高呼『昌明國故，融會新知』的學衡派領袖；稍年輕一些的人記得他是被魯迅擠兑過的連稱星亦尚未釘好的國故店掌櫃；更年輕一些的人大概會記得他就是在文化大革命時還堅決反對批孔的『現行反革命』。總之，完整的吴宓似乎早已不存在。在人們腦子裏時隱時現的衹不過是讓遺憾的歷史撕碎了的殘片。如果將這些殘片拼合起來，那吴宓大概也只是一個衹知山中衹一日，不知世上已千年的老學究而已。令人慶幸的是，人不是平面的相片。

與陳寅恪、湯用彤合稱爲哈佛三傑的吴宓在中國現代思想史上無疑有著無可替代的地位。和身爲『名父之子』、隨身携帶石印本《皇清經解》遊學列國的陳寅恪以及『幼承庭訓，早覽乙部』

的湯用彤一樣，吴宓也出生於涇陽世家。在他的血液中早就溶入了遺傳性極强的士文化基因。儘管他後來幾乎畢生以研究外國文學爲業，但對於安身立命於其中的中國傳統文化早就有了一生不變的眷戀與執著。跟絶大多數留學生不同，幾年的留美生活不僅没有減弱這種執著，反而使其更爲凝重了。在哈佛吴宓受教於白璧德(Irving Babbitt)。近代中國是個『高徒出名師』的所在，白璧德自然没有像『暴得大名』的胡適的老師杜威那樣名徹中土。其實，白璧德可稱是與中國有宿緣的。其岳父杜德維(Edward B.Drew)曾旅居中國四十餘年之久。白璧德歷來高度肯定中國傳統文化，認爲儒家學説是其主體，并主張以之爲反對資本主義物化與非理性的重要工具。在中國國學日益淪亡的時節，白璧德還敦勸向他來學洋學問的中國弟子研究國學，甚而想使東西各國的儒者(Humanist)聯爲一氣，以冀成淑世易俗之功。在這麽一位洋老師的影響之下，原來早已將柏拉圖《理想國》所云『君子生當率獸食人之世，固不同流合污，偕衆爲惡，而亦難憑隻手，挽既倒之狂瀾。……故惟淡泊寧静，以義命自安，孤行獨往』(一九一九年九月八日日記)視爲至理，并自言『決無用世之志』的吴宓自然要贊同張鑫海所言『他年學問成，同志集，定必與若輩鏖戰一番』了。若輩者，胡適、陳獨秀之謂也，也就是説要『爲俗務』了。

不過，這『俗務』在吴宓是有著神聖意義的。假若説吴宓受白璧德的影響很大，那麽大致還可以説，他受穆爾(Paul Elmer More)的影響就是極深。曾被自比爲Aristolelian(屬亞裏士多德學派者)的白璧德指爲Platonist(柏拉圖主義者)的穆爾，至少在性格上與被陳寅恪認爲瘋狂可能性達百分之七十，因感慨毛彦文遭朱君毅遺棄，欲取雙方通信爲小説材料，却進而對毛女士開始了所謂『柏拉圖之愛』的吴宓更爲相近。在驚悉穆爾逝世之後，吴宓在一九三七年四月二十一日的日記中慨然寫道：『宓之受穆爾先生之影響，恐尚過所受於白璧德者。二先生晚年持論雖有不同，然祇方向之差，先後緩急之異，根本全體決無不同。蓋白師以道德爲言，穆爾先生以宗教爲勖。二先生皆以宗教爲道德之根據者也。……嗚呼，自穆爾先生之逝，西洋賢哲中，無足動宓等之熱誠皈依崇拜者矣。雖有之，則學者與哲師耳。未能兼具蘇格拉底與耶穌基督之性行，悲天憫人，以化民救世爲志業者也。』我們大可以把這段感慨與一九一九年十二月四日日記中『中國之儒，即極詳盡，……特浸漬普通，司空見慣，而人在其中者，乃不自覺耳。而常人未之覺察，而以中國爲真無教之國，誤矣』的斷言，以及對當時留學生倡言『耶教救國』大爲反對，贊同『耶教若專行於中國，則中國之精神亡』聯繫起來，顯然，吴宓是以一種宗教熱忱來『爲俗務』，甚至，我們可以説，中國傳統文化、傳統道德就是吴宓的宗教。那麽，我們是不是可以説，吴宓是『以不俗之心爲不俗之務』呢？

因此，當在一九二一年五月中旬接到梅光迪勸他辭去北京高等學校之聘，轉就南京高師月薪僅一百六十圓之英語及英國文學教授時，吴宓之所以毫不猶豫，在其日記中加圈的《學衡》無疑是極爲重要的原因，他以及陳寅恪等『痛感欲融會西方文化，以浚發國人的情思，必須高瞻遠矚，斟酌損益』的意見，『昌明國粹、融化新知』的主張有了固定的表達園地。我們能够把編輯《學衡》看成是『俗務』嗎？

後來的結果，世人大多是知曉的，我們也實在没有心情去述及。在新文化運動已被饑渴了上千年的中國知識界當作靈丹妙藥，傳統幾乎與糟粕成爲同義語的時代潮流之中，無論是吴宓主編的《學衡》，還是他主持設計的清華國學研究院終於都没能長久存在。王國維自沈後不久，吴宓與陳寅恪曾有一次長談。《雨僧日記》一九二七年六月十四日記道：『宓設二馬之喻。言處今之時世，不從理想，但計功利。入世積極活動，以圖事功。此一道也。又或懷抱理想，則目睹事勢之艱難，恬然退隱，但顧一身，寄情於文章藝術，以自娱悦，而有專門之成就，或佳妙之著作。此又一

道也。而宓不幸則欲二者兼之。心愛中國舊日禮教道德之理想，而又思以西方積極活動之新方法，維持并發展此理想，遂不得不重效率，不得不計成績，不得不謀事功。此二者常互背馳而相衝突，强欲以己之力量兼顧之，則譬如二馬并馳，宓以左右二足分踏馬背而縶之，又以二手緊握二馬之繮於一處，强二馬比肩同進。然使吾力不繼，握繮不緊，二馬分道而奔，則宓將受車裂之刑矣。此宓生之悲劇也。』

今天，我們看來，二馬必定背道而馳，真正的悲劇不是必須放棄事功，而是吴宓緊抱理想。一九五八年，吴宓就因『漢字文言斷不可廢，經史舊籍必須誦讀』而作爲『厚古薄今』的典型遭受批判。不改初衷的吴宓一九六一年八月赴廣州探望陳寅恪，在三十日的日記中寫道：『在我輩個人如寅恪者，則仍確信中國孔子儒道之正大，有裨於全世界，而佛教亦純正。我輩本此信仰，故雖危行言殆，但屹立不動，決不從時俗爲轉移。』不轉移的結果就是在一九六六年因反對批孔而被打成『現行反革命』，專政致殘。

一九七一年九月八日，吴宓曾致信中山大學革委會，打聽早在一九六九年十月七日就已含冤去世的陳寅恪的下落。信中在『教授』二字下猶密密加圈，似乎是指望這個頭銜還會令人尊敬或重視！不禁想起吴宓自己在臨終前竭力呼喊：『我是吴宓教授！我要喝水！』在名實俱乖、黑白顛倒的年代裏，吴宓先生，您還在像孔夫子那樣要求『正名』！

一九二七年六月十四日，也就是吴宓設二馬之喻的那天，陳寅恪曾説：『凡一國文化衰亡之時，高明之士，自視爲此文化之寄托者，輒痛苦非常，每先以此身殉文化，如王靜安先生，是其顯著之例。』吴宓自道：『寅恪與宓皆不能逃此範圍，惟有大小輕重之别耳。』

吴宓先生，您説此話時，想到近半個世紀後悲劇閉幕時的情景了嗎？

嗚呼！後人何言之有！

鄭振鐸與戰亂中的文獻

鄭西諦振鐸先生的名字，對於稍微讀點書的人來講，都可謂耳熟能詳。不過，在第二次世界大戰，尤其是日軍侵華占領上海期間，鄭振鐸甘冒危險，不辭勞苦，搶救大量的，特別是江南地區的古籍善本，使其中大部分精華不毀於戰火，不流於域外，爲保存故國文獻，特別是『江南文化』的長期積累，立下了巨大功勛，却又不爲一般人所知了。一九九二年上海學林出版社繼一九八八年上海古籍出版社影印《鄭振鐸先生書信集》之後，又出版了劉哲民、陳正文先生所編《搶救祖國文獻的珍貴記録：鄭振鐸先生書信集》，内收鄭振鐸與張壽鏞、趙景深、張元濟、唐弢、夏鼐、郭寶鈞、顧廷龍、徐森玉、劉哲民、徐文坰、梁思永、郭若愚等先生的信函凡四百零四通。大部分涉及戰亂期間搶救流散善本的活動。從中，不僅可以清楚地看到鄭振鐸搶救祖國文獻的卓越勞績，還可以體會到他對於善本保護及其利用的一些超越前人的觀點。

一

一九三七年『八·一三』抗戰起，東南各省尤其是江南地區藏書家們累世珍藏的古籍善本大量散入上海舊書市。當時，各方人士包括敵僞方面（如梁鴻志、陳群，僞滿『華北交通公司』等）、美國方面（如『哈佛燕京學社』）都矚目於這批珍貴圖籍。時居上海的鄭振鐸先生目睹有些善本古籍落入敵手或流失異國，憂心如焚，遂與張元濟（時任商務印書館董事長）、張壽鏞（時任上海光華大學校長）、張鳳舉（藏書家、考古學家）、何炳松（上海暨南大學校長）聯名致電重慶，認爲必須儘快搶救這批文化財富。陳立夫（時任教育部長）、朱家驊（國民黨中央宣傳部長、中英庚款董事長）即複電同意，并撥庚款原擬建築中央圖書館的百余萬圓作購書款。於是，由上述五人組成『文獻保存同志會』，并由鄭振鐸在一九四〇年二月四日制訂『文獻保存同志會辦事細則』凡七條。可見，在張元濟以病力辭主事的情況下，從一開始起，鄭振鐸就在實際上主持這項造福子孫萬代的文化搶救工作了。同年底，我國著名的版本學家徐森玉（時任故宫博物院古物館館長）受委派抵港，協助鑒定收購，并且負責將所收善本運出上海。從一九四〇年初到太平洋戰爭爆發，在僅僅兩年時間裏，『文獻保存同志會』就購進善本珍籍達三千八百餘種，其中宋、元刊本三百餘種，幾乎與當時北平圖書館（今國家圖書館前身）所藏善本（見於其目者三千九百餘種）相埒！在質量方面，『文獻保存同志會』所收集者門類齊整，實用書、特別是史料書較多，且又包括了常熟瞿氏鐵琴銅劍樓、趙氏舊山樓、翁氏、丁氏、南潯張氏韞輝齋、劉氏嘉業堂、張氏適園、蘇州潘氏滂喜

齋等幾乎所有江南藏書家的精品，這些銘心絶品也由之大多歸於國家，不復隱匿人間了。至此，成立一個名副其實的國家圖書館尤其是其善本部才真正有了可能。

二

朱家驊、陳立夫在聯名發出的致上述鄭振鐸等五人的電文中複引鄭振鐸的話説：『搜訪遺佚，保存文獻，以免落入敵手，流出海外。』這可以看作是鄭振鐸及『文獻保存同志會』諸先生在這兩年中的工作目的。然而，這并不能説明，這次在中國藏書史上也許是規模最大的民間（主要是以民間名義及形式進行，且極端秘密，因重慶政府自然是不能出面的）搜訪搶救活動何以呈現出前所未有的特點與色彩，比如部類齊全，精善、孤本多，抄校本及實用史料書多等。固然，戰亂的特殊情勢造成了大量在平時秘不示人、深藏樓齋的古籍善本流散人間，但是，作爲主持者的鄭振鐸對於這場前無古人、後無來者的搜訪搶救活動本身意義的認識，以及他獨有的版本目録學觀點，却不能不是這些特點與色彩得以呈現的最直接的原因。

這是一場民間人士爲國護寶的文化搶救活動，其首要特徵就是『爲國爲公』，而不是一般傳統意義上的爲私爲己以俾『宜子孫』或『子孫永寶』的藏書活動。

鄭振鐸在一九四〇年三月二十日致張壽鏞先生（以下不注明者皆致壽鏞先生）的信中説：

> 我輩對於國家及民族文化均負重責，只要鞠躬盡瘁，忠貞艱苦到底，自不至有人疵議。……蓋原來目的，固在保存文獻也。……如孤本及有關文化之圖書，果經眼失收，或一時漏失，爲敵所得，則尤失我輩之初衷，且亦大對不住國家也。故我不惜時力，爲此事奔走。其中艱苦，誠是『冷暖自知』。雖爲時不久，而麻煩已極多。想先生亦必有同感也。然實甘之如飴！蓋此本爲我輩應盡之責也。

在很多信中，鄭振鐸都表達了這種爲文化盡責的思想。如一九四〇年三月二十七日信中説：『我輩愛護民族文獻，視同性命。千辛萬苦，自所不辭。近雖忙迫，然亦甘之如飴也。』在如此這般的心境之下，鄭振鐸在同年十月十五日信中竟同意何炳松的看法，在前綫戰場屢屢失利的情況下，也認爲《晚明史料叢書》『過於凄楚，無興國氣象，擬多選有興國氣象之書加入』。這或許也從一個側面説明了，在『救亡』成爲時代主題的情況下，原本不應帶感情的學術要不帶感情地『純』，

是多麼的不可能與不現實！

鄭振鐸的確是將這次搶救活動當作一場不見彌漫硝烟的戰鬥來進行的。在一九四〇年九月一日信中，他説道：

> 爲國家保存文化，如在戰場上作戰，只有向前，決無逃避。

同時又認爲『且究竟較馳驅戰場上之健兒們爲安適。每一念及前方戰士們之出生入死，便覺勇氣百倍，萬苦不辭。較之戰士們，我輩之微勞復何足論乎！』

其實，與當時節節敗退的軍事戰場比較，鄭振鐸等人所參加的是一場起以哀兵、與敵爭寶的主動進攻的文化戰爭。這倒應了在以摧殘文化爲其最主要惡果的那一段令人莫名其妙，復又萬分痛心的歷史中頗爲流行的四個字曰『文攻武衛』了。

然而，在我們看來，這場戰鬥却遠爲複雜。姑且不論這絶不是一場人皆能戰的戰鬥，這場特殊的戰鬥，參戰者必須具備的高度的文化學術素養，是毋庸多言的。

當時，有各種各樣的日本人，以各種名義四處活動，其中不乏作所謂『文化調查』者。而漢奸比日人更可怕。鄭振鐸多次在信中提到，比如在一九四〇年八月八日信中所言及的『劉某』即是此類。劉某一到上海就到處借《適園藏書志》，顯然是動張芹伯藏品的念頭。鄭振鐸寫道：

> 此人甚可惡！嘉業書滿鐵原出四十五萬，彼來此，乃加價至六十萬，平空騰貴了不少。殊不可測！文化漢奸，實可怕之至！去年曾有一日人來此，作『文化調查』，結果，無一藏書家願與之見面者。彼只好廢然而返。今換了劉某來，已見到不少人，必大有所得矣。『物腐而後蟲生』，如果無內奸，外患必不致如此之烈！言念及此，痛憤無已！

這段話中的『物』大而言之，可以認爲指當時腐敗的國情；小而言之，自也可以指彼時的文化學術界。由之而生出的許多『蟲』，自然就是形形色色的漢奸了。不過，『劉某』之類的漢奸，其前要加上『文化』二字，他們的禍害，又豈止是令書價騰貴呢！

軍事戰爭中的盟友，也出現在這場文化戰爭中，而其角色實際上是以競爭者面目出現的敵對

方。鄭振鐸在一九四〇年九月一日信中寫道：

> 可怪在價雖高而仍有人要。若燕京，若大同（代美人購書者），如遇彼所欲得之物，幾乎是不論價而購。平賈輩亦往往因此而索取從來未有之高價。關於史料之書，尤可不脛而走。

這就不難理解，爲什麼鄭振鐸等在很多情況下只能無奈地依靠與平賈『向來之交情』了。而美國人爭購的『史料之書』，又正是『文獻保存同志會』的搶救重點，我們在下節中還要談到。鄭振鐸對於這些替美國盟友購書的人，自然是不能像對『劉某』那樣橫眉痛斥的。在一九四一年三月七日信中，鄭振鐸的無奈一覽無餘：

> （與袁守如）同來有王某，欲來此爲美國國會圖書館購宋版書，見面時，當勸其爲子孫多留些讀書餘地也！

相比之下，内部一些人對於書價高低等等的意見不合，自然是不足道了。

這場文化戰爭又有其在時間上的急迫性。一九四〇年四月前後，鄭振鐸敏鋭地認識到：『此數月中是江南文化之生死存亡之關頭也。』時間在這場文化戰爭中是換不來空間的，一部珍籍善本，既不能像一座城池失而復得，也不能像一座城池毀於戰火而可日後重建。這種迫切之感，在書信中觸目可見。一九四一年八月十九日信中，在總結『失敗』原因同時，使用了『千鈞一髮』這樣的字眼：

> 終夜彷徨，深覺未能盡責，對不住國家！思之，殊覺難堪！殊覺灰心！反省：我輩失敗之原因，一在對市價估計太低，每以爲此種價錢，無人肯出，而不知近來市面上書價，實在飛漲得極多極快，囤貨者之流，一萬二萬付出，直不算一回事。而我輩則每每堅持底價，不易成交，反爲囤貨者造成絶好之機會。誠堪痛心！二在我輩購書，每不能當機立斷，不能眼明手快。每每遲疑不決。而不知，每在此千鈞一髮之際，便爲賈人輩所奪矣，亦緣我輩不敢過於負責之故。往者已矣，不必再談矣！談之，徒惹傷心！將來，當有以自警、自勵矣！

我們還不能忘記，這場文化戰爭與軍事戰爭同樣地具有危險性，參與者隨時會付出生命的代價。數以千計的書通過徐森玉與唐弢先生設法秘密寄送或運離孤島。在一九四〇年十月十六日信中，鄭振鐸寫道：『現在此間環境日非，無人能擔保「安全」。』雖然不僅僅是指珍本書籍的『安全』。這一點，半個世紀後的受惠者們，又如何能想象呢？

三

無論如何，我們在這裏論述的畢竟是一場『文化戰爭』，因而，如果不能從文化學術角度對這場戰爭的對象、目的，以及主持者鄭振鐸的版本目録學觀點進行一番考察的話，那麽，就不能真正地理解這場『文化戰爭』。

鄭振鐸的首要目的是想爲國家建立一個較爲完備的圖書館，這不禁使我們想到，陳寅恪先生在一九三一年，時值清華改制爲大學，兼建校廿周年之際，所做的一場演講，題爲《吾國學術之現狀及清華之職責》，文中清醒地指出，綜合當時各學科而言，都没有真正的獨立性或突破性進展，原因當然是多方面的，而『圖書館事業，雖歷年會議，建議之案至多，而所收之書仍少，今日國中幾無論爲何種專門研究，皆苦圖書館所藏之材料不足』，其原因則是，『中西目録版本之學問，既不易講求，購置搜羅之經費精神復多制限。近年以來，奇書珍本雖多發現，其入於外國人手者，固非國人之所得窺，其幸而見收於本國私家者，類皆視爲奇貨，秘不示人，或且待善價而沽之異國』。

此文雖作於鄭振鐸等成立『文獻保存同志會』前近十年，但文章中所述的情况却到彼時亦無根本性的改變。鄭振鐸竭盡全力，以保文獻不墮不失，其首要目的即在於爲國家建立一個圖書館，并且把它置於自己一己著書立説之上。在一九四〇年八月十二日信中，他寫道：

> 如能以我輩現有之財力，爲國家建立一比較完備之圖書館，則於後來之學者至爲有利，其功能與勞績似有過於自行著書立説也。

尤其是在那樣的時局，『能爲國建設一如此宏偉之圖書館，其工作之艱巨與重要，實遠在黄梨洲、葉石君等人以私人之力，收拾殘餘者之上十倍也』（一九四〇年九月二十一日信）。

在這樣的前提下，自然也就要求所收圖籍必須門類齊全，不廢一部了，而大量的珍本也得以

留存了。鄭振鐸在一九四〇年六月二十九日信中就寫道：

（我輩）眼光較爲遠大，亦不局促於一門一部，故所得能兼『廣大』與『精微』……大抵經我輩如此一搜羅，重要之書，流落國外者可減至最低度；甚至可以做到：除非經我輩鑒定認爲不收，可任其出國外，餘皆可設法截留。

在一九四〇年八月十二日信中，又提及『而在國家圖書館之地位上，亦似以放大眼光廣收群籍爲宜也』。

但是，『廣大』云云自然也不必凡書皆收，事實上也不可能。在力爭廣爲搜羅的同時，著重於實用與保存文化。鄭振鐸先生迥異於傳統藏書家的地方，也恰恰就是在這裏。所以，『我輩收書，不重外表，不重古董，亦不在飾架壯觀』（一九四〇年六月二十九日信）。

『不重外表』，大致上是説以書的本身內容來決定取捨，而不像當時北方首屈一指的藏書家自莊嚴堪主人周叔弢老先生，對圖籍有『五好』（指版刻好、紙張印刷好、題跋好、收藏印章好、裝潢好）的近乎苛求的盡善盡美要求；『不重古董』，則著重指不必像歷來傳統藏書家一樣，必以宋版元刻、黄跋顧校爲首要搜求對象。『不重外表』與『不重古董』，在某種意義上，都是指在對待有著文物性質的善本珍籍時，更偏重『文』而非『物』。於是，要收購《大明會典》時，就不收在傳統意義上版本價值高的楷書弘治本，而收後出但就因爲此而材料較多的萬曆刊本了（一九四〇年十二月九日信）。在這樣重實用及保存文化的版本學指導思想下，連版本學家、藏書家絕不會稍顧的鉛印石印本新書也大量搜求，不僅因爲此類書價廉，也不僅因爲其印數少且每成絶版，而且同時也因爲中央圖書館配齊一批，亦未始非要務也（一九四一年八月十九日信）。想到現在有些學者倡言『新文學著作版本學』，則鄭振鐸應是孤明先發者了。

就『精微』而言，鄭振鐸標舉出『應集中力量，購：（一）四庫未收及存目之書，（二）叢書，（三）清儒稿本及著作，（四）宋、元、明版之較廉者，（五）『史料書』（一九四〇年六月二十九日信）。

關於第（四）類，在經費等諸多條件限制下，宋、元、明版只能選廉者購，通觀鄭振鐸的書信，如果此類書是孤本或有關重要史料者，往往不吝重值，蓋其同時具有文獻及文物價值也。而且當其他書價格過高時，鄭振鐸倒認爲『似尚不如購宋元本爲合宜也』（一九四一年五月二十日信），

可見其通達。

至於(一)、(二)、(三)類，其實都可以歸入(四)即『史料書』中，從書信中，我們也可清楚地看出，鄭振鐸也是如此處理。『史料書』是鄭振鐸『精微』之『精微』，『重點』之『重點』。不惜重價收之。

在數百通書信中，鄭振鐸對『史料書』特加重視的意見可謂連篇累牘。如『此類史料書，爲四庫所斥者(見四庫存目)，我輩必須收下。……史料書不可與尋常集部相提并論』(一九四〇年二月二十三日信)；『此類書，關於「文獻」最鉅，似萬不宜放手』(一九四〇年四月二十九日信)。所以，像《平播全書》、《甲申朝市小記》、《明初伏莽志》、《鴻猷録》、《嶺南文獻》、《嶺南焚餘》、《三朝實訓》、《大明一統名勝志》等等，鄭振鐸極力主張收下；即使是竹紙本也照收；嘉業堂書精善本固多，但爲鄭振鐸矚目的則是其中大量的史料、稿本書。像《乾隆上諭》、《外交部檔案》、馮煦的奏稿、電稿，更是因爲關係近代史甚鉅而必須收爲國有。這類書『價雖昂，亦應留之，其他「版本」書則應大加斟酌矣』(一九四〇年六月一日信)。

鄭振鐸對『史料書』如此重視，當然是與其本人超邁不群的版本學觀點有關。但是，也是民國史學界風氣的反映。民國新史學之所以屢有突破創獲，實在是與受西方、尤其是德國語文歷史考證學派的影響，將對第一手資料特別是檔案的重視與乾嘉的考據方法結合起來，有相當大的關係。對『史料』的重視，可由傅斯年『上窮碧落下黃泉，動手動脚找材料』這樣的詩句得到證明。鄭振鐸收下的史料書中相當一部分日後得以刊布，成爲歷史學家不可或缺的要籍。

四

在這場爲期兩年的文化戰爭中得以保存的文獻，日後儘管有一部分流往臺灣，但畢竟還在人間。解放後，鄭振鐸通過徐森玉老先生的哲嗣徐文垌(以字伯效行)設法將潘世兹寶禮堂捐獻給國家的百余種宋、元刊本及陳澄中携港的大批珍籍運回國內，均入藏北圖；而與『南陳』即陳澄中齊名的『北周』周叔弢老先生的自莊嚴堪藏書亦全部捐出。曾引起鄭振鐸在一九四一年八月十九日信總結『失敗原因』的宋余仲仁本《禮記》亦赫然在焉。可見，戰亂中的鄭振鐸并不是孤軍奮戰，『文獻保存同志會』又何止五人之數！

至此，幾乎全部的珍籍均已歸入了國家圖書館，由我們後人被其遺澤了。

作爲長者與學者的季羨林先生

圖書館歷來被比喻成一座城市的『精神糧倉』、『精神綠肺』、『精神氧吧』或者『精神充電站』，它既是城市的名片，更是城市的内涵。按照國際上通行的慣例，能够被邀請在國立、市立等公衆圖書館發表講演，是一種很高的榮譽。我真切地了解這一點，因此，在感到榮幸的同時，更加覺得惶恐。

我本人乏善可陳，但是，我有幸從十八歲考入北京大學東方語言文學系梵文巴利文專業起，就一直追隨季羨林先生，在季羨林先生門下求學。因此，我和季羨林先生有著遠比一般人多的接觸，遠比一般人深的了解。這是我個人生命史上最爲珍貴的一頁。

近年來，出現了一股『季羨林熱』，媒體上關於季羨林先生的各類消息接連不斷，書店裏關於季羨林先生的書籍層出不窮。這種『熱』的程度，連季羨林先生自己也開玩笑地説『近年季羨林走俏』。大家對這種現象也是衆説紛紜，正面、負面的看法和意見紛至沓來。在一個日趨開放、多元的時代，這是正常的、健康的現象。至於也有一些人用揣測、推論、武斷乃至輕薄的態度來評説這種現象，我們自然不應該用他們的方法來反諸其身，去探究他們的深層心理和真實意圖，却也似乎不必給於太多的注意。

前不久（二〇〇七年三月），我接受《解放日報》記者的采訪，曾經説過：『對季老這種異乎尋常的珍惜和尊崇，讓我感到快樂也感到迷茫。』并且表示，我自己也確實有些『看不懂』。

這是我真實的想法。也正因爲如此，最近我對『季羨林熱』也做了一點思考，希望能够找出背後的原因，或者提供一種解釋。我個人認爲，最好的、最要緊的辦法無疑是要真正地了解，進而理解季羨林先生本人。倘若離開了『人』，而去談論評説關於某『人』的『熱』，那注定是隔靴搔癢的，至多也只會得到些微的皮毛之見。這個道理難道不是最簡單不過了嗎？

那麽，怎麽來瞭解、理解季羨林先生呢？按照中國的傳統，評價一個人物要看三個方面：立德、立功、立言；或者還有比較簡單的説法，那就是擱置受外界因素影響很大的『立功』，把著眼點放在相對而言個人比較好把握的『道德文章』上。

當然，道德和文章之間的分合關聯的關係非常複雜，過分地簡單化往往會造成誤解。不過，畢竟還不失爲了解、理解乃至評價一個人物的比較便利和簡捷的切入點。爲人和學問也經常被用來替代道德和文章，這就更通俗明瞭了。所以，我就決定以『作爲長者和學者的季羨林先生』

作爲我講演的題目，同時也作爲我的切入點。

出生於一九一一年的季羨林先生今天已經是九十六歲高齡了，在我考進北京大學的一九八四年，季羨林先生也已經是七十三歲，年過古稀了。撇開季羨林先生的崇高的社會和學術成就、名譽、地位不説，就單論年齡，他也已經是燕園一老了。大家稱呼他，更多的是『季老』，而不是像門生弟子那樣稱呼『先生』了。

這是一位什麼樣的長者呢？對比自己年長的人——當時馮友蘭、王力、陳岱孫等比季老高一輩的人還都健在——季老是非常尊敬的。一九九〇年的一月三十一日，先生命我隨侍到燕南園向馮友蘭、朱光潛的夫人、陳岱孫三老賀年。路上結著薄冰，天氣是非常的寒冷，當時也已經是八十高齡的季先生一路上都以平靜而深情的語調，贊説著三位老先生的治學和爲人。先到朱光潛先生家，只有朱夫人在，季先生身板筆直，坐在舊沙發的角上，恭恭敬敬地賀年。再到馮友蘭先生的三松堂，只有馮先生的女公子宗璞和女婿蔡仲德先生在家，季先生身板筆直，坐在舊沙發的角上，恭恭敬敬地賀年。最後到陳岱孫先生家，陳先生倒是在家的，看到季先生來訪，頗爲驚喜。季先生依然是身板筆直，坐在舊沙發的角上，恭恭敬敬地賀年。其時正好兩卷本《陳岱孫文集》出版，陳先生去内室取出書，題簽，起身，半躬著腰，雙手把書送給季先生。季先生也是起身，半躬著腰，雙手接過，連聲説『謝謝，謝謝』。冬天柔和的陽光，照著兩位先生的白髮——這幾幕場景過了十七年了，却一直鮮明地印在我的記憶裏。

北大有許多成就卓著的專家學者，在將近二十年前，那是稱爲中年學者的，行輩、地位自然還不能和季先生相比。季先生對他們是發自内心地喜愛、尊重，不遺餘力地揄揚他們。我在這裏講的都不是季先生在公開場合，比如學術會議之類上的舉動，都是私下的言談，不爲外界所知的。

一天，我陪季先生散步到辦公樓附近，恰巧中文系的裘錫圭教授正低著頭很慢地走在前面，大概在思考什麼問題。季先生也放慢了脚步，低聲對我説：『你知道嗎？裘先生，古文字專家，專家。』説這些話的時候還翹起大拇指，微微地晃動。裘先生不久以前接受了復旦大學的邀請，把講席移回了上海，這實在是上海學術界的幸事，是上海學子的福氣了。

還有一次，當時剛從四川大學獲得博士學位不久的朱慶之先生——後來調入了北大并且擔任學校的教務領導——評職稱，請季先生和北大中文系的蔣紹愚教授寫推薦意見。表格當然先送到季先生處，季先生寫好封好，命我送給蔣先生。蔣先生拆開一看，愕然説道：『季先生怎麼

這麼寫？這可叫我怎麼辦？』我當然茫然不解，蔣先生微笑著把表格遞過來：原來季先生把自己的意見寫在了專家推薦欄目的底下一格，這樣，蔣先生不就只能將自己的名字簽在季先生上面了嗎？這怎麼會不讓當時才四十多歲的蔣先生爲難呢？

再舉一個和上海有關的例子。一天傍晚，我照例去季先生家。季先生從書房裏拿出一封信來，對我說：『你知道上海有一位徐文堪先生嗎？他給我寄了一些有關吐火羅文研究的材料，有些我都没有見過，實在是難得，你回上海，一定替我去拜見一下徐先生。』下面我還會介紹，季先生是中國唯一一個直接研究吐火羅語語言本身的學者，在世界上也享有崇高的威望，他在這方面的藏書恐怕還要超過國內的圖書館。徐先生當時是上海漢語大詞典出版社的一位編輯，但是，對國內外的學術動態的瞭解，已經是在國內罕見其匹的了，所以能够提供連季先生都没有見到過的材料，現在早已經是教授級的編審了。季先生對徐先生是推崇備至，凡是見到上海來的朋友，都要提到徐先生的名字。

那麼，對更爲年輕的學者呢？季先生更是不遺餘力地獎掖，無論自己多忙，也無論自己手頭有多少更重要的工作要做，總是樂於爲他們的著作寫序，這就是季先生序寫得如此之多的原因。不僅如此，季先生還往往會在爲某個人寫的序言裏面列舉上一大串年輕人的名字，唯恐人不知道。至於替年輕人看稿子，推薦發表，那簡直是家常便飯了。當然，也確實有一些年輕人後來出了這樣那樣的問題，給季先生帶來麻煩，但是，季先生總是以非常寬容的心態來對待他們。也正因爲這樣，很多年輕人和季先生年齡、地位都相距遥遠，但都發自內心地熱愛這位長者。

我在這裏舉兩個例子，是關於季先生請年輕人吃飯的。一次是請我吃飯。有一年假期，我没有回上海，躲在北大。一天，我拉上窗簾關緊門，點上蠟燭看書，隱隱約約聽到樓道裏有悉悉簌簌的聲音，一會兒有敲門聲。開門一看，原來是季先生不放心我，在助手李錚老師陪同下，特意來叫我去吃飯。這頓飯吃的什麼，今天是一點都想不起來了。但是，開門看見季先生站在昏暗的樓道裏的情形，却至今猶在目前。那些年，經常在季先生家吃飯，也經常陪同季先生赴宴，但是，這頓飯是很特別的。

現在已經是著名歷史學家的浙江大學的盧向前教授，當時還在北大讀研究生，他應該也有一頓難忘的飯。季先生在研究糖史的時候，曾經托盧先生代爲查閱一份敦煌卷子，爲了表示感謝，季先生特意在一天中午來到雜亂不堪的學生宿舍，邀請盧先生吃飯。這件事情在北大造成了轟

動，傳爲美談。

然而，季先生要求年輕人爲他做過什麼嗎？我相信没有。很偶爾地，季先生會讓我們爲他查找一些資料，這原本是我們應該做的，况且還是很好的學習機會。可是，就連這樣的舉手之勞，季先生也絶對都要在文章裏、書裏寫上一筆。有不少媒體問過我，季先生工作那麼忙，還發表了那麼多的文章，是否有學生代筆的？這不算是一個太離譜的疑問。但是，我可以負責任地講，我追隨季先生那麼多年，連替他寫個信封的事情都没有過。

上面講的都是和學術界有關的事情。那麼在學術界之外，季先生又有怎樣的長者風範呢？還是舉幾個例子。季先生穿著極其樸素，經常會被人看成是學校裏的老工人。不止一次，季先生會被來報到的新生叫住，替他們看行李。季先生每次都原地不動替他們看守行李，有時候會一看兩三小時。自然，這些學生兩三天以後就會在北大的迎新會上，看見季羨林校長坐在主席臺上。

北大有個司機班。大家知道，司機可是見多識廣的，而且往往并不那麼好説話。然而，北大的司機都願意爲季先生服務。爲什麼呢？季先生每次都會爲他們準備一些小禮物，比如當時還比較少見的國外帶回來的香烟。可是，這些能够打動司機嗎？不能！有幾位司機告訴我，他們接送的大人物，幾乎都是不怎麼和他們説話的，到了家也是自顧自地走了，只有季先生下了車道謝不説，還要站在門口目送車子駛遠。這才是令他們非常感動的地方。

季先生自己生活的簡樸，在北大是人所共知的。但是，他的慷慨，知道的人就并不很多了。有不少事情是我經手的，因此我知道的就比較多一些。季先生往自己的家鄉小學寄錢寄書那是常有的事情。就連在家裏工作過而已經離開了的保姆，倘若喜歡讀書，季先生都會給予支持。我清楚地記得一張匯款單子上季先生的留言：『這些錢助你讀書，都是爬格子所得，都是乾淨的。』

實際上，對北大的情况稍微有點瞭解的人大概都知道，在季先生九十歲以前，他在北大朗潤園的寓所的大門，幾乎是完全敞開的。張中行先生筆下那幕一位小書店老闆抱著一大摞書上門請季先生簽名的情况，根本就是經常發生的。

大家可能都不知道，前幾年，北大接受了最大一筆的捐贈，就是來自於季羨林先生的。這筆捐贈有多大呢？僅僅是古字畫就有百幅！季先生在文革前省吃儉用的錢，幾乎都用於此。他收藏的最底綫是齊白石，這些收藏當中甚至有蘇東坡的《禦書頌》。光這幅價值就以千萬論了吧。可是，季先生捐出的不僅是字畫，還有古硯、印章、善本，還有自己畢生積蓄的稿費。總之，季先生

把一切都捐贈出來了。而且，季先生還不停地把近年來的稿費捐贈出來。季先生是已經有了曾孫的人，他的後代都過著很普通的生活。請問，這是什麼樣的胸懷？那些無聊而狂妄地評論季先生的人，又做何感想呢？

我想『季羨林熱』的一部分原因，甚至可以説最主要的原因就在於此，大家都感受到了作爲一位長者的季先生的爲人風範和人格魅力。要知道這位樸素如老農的長者是留學德國十年的哲學博士，是當時已經爲數極少，現在更已是碩果僅存的建國後第一批文科一級教授，是中國第一學府北京大學的文科校長，是全國人大的常委，是一百多個全國性學會的會長、雜志的主編——按照完全可以理解的世俗心態，這裏難道不是存在著巨大的不和諧或反差嗎？可是，難道不也正是這種所謂的不和諧和反差，反而更增添了人們對季先生的崇敬之心嗎？

社會上對季先生的崇敬可以從媒體的報道中清晰地顯示出來。季先生在素來洋溢著某種清高和狂傲的北大學子那裏，也得到了一種親切的真誠的熱愛。在北大校園裏，不少學生是騎車如飛的，前面倘若有人擋道，那一般都是大按其鈴，催促不已的。然而，我却太多次地看到，只要學生知道前面慢慢地走著，擋住了他們道路的是季先生，他們都會跳下車來，安靜地在後面推車而行，不少時候，季先生茫然不知自己身後排起了一條長龍。有一年的大年初一，季先生推開家門，發現門前白皚皚的雪地上，劃滿了來自北大好幾個系所的學生的問候和賀年之詞，季先生感動得幾乎説不出話來。這在北大竟然形成了一種新的傳統。

作爲一位年高德劭的長者，季先生贏得了大家的心，這是不爭的事實。然而，相比之下，季先生作爲學者的一面，却未必被大家所瞭解。包括北大的絶大部分教師和學生在内，大家主要是通過季先生的上百萬字的散文隨筆、數百萬字的譯作、季先生對宏觀文化和社會情勢的某些看法來瞭解季先生作爲學者的那一面的。這當然没有錯。但是，却實在没有搔到癢處，却實在衹是停留在很不完全的表面。儘管季先生的散文隨筆真摯感人、膾炙人口，他主要的却絶對不是一位作家；儘管季先生的翻譯作品涉及古今中外好幾種文字，其中還包括吐火羅語在内的死語言，文化大革命期間，在被迫看守門房、清掃厠所的艱難環境下，更是以一人之力，驚天地泣鬼神地翻譯了印度兩大史詩之一的《羅摩衍那》，他主要的却絶對不是一個翻譯家；儘管季先生的一些宏觀理論見解引起了全社會乃至國外的廣泛關注和議論，被廣爲傳播報道，他主要的却絶對不是一位理論家或評論家。

對於這樣的一種情況，我們究竟應該怎樣去看呢？

季先生前一段時間公開表示要辭去諸如『學術泰斗』、『國學大師』、『國寶』之類的『帽子』，引起了全社會的廣泛的關注。這固然是季先生一貫的深懷謙虛的表示，但是，也未必就不是反映出了季先生看透了表面的熱鬧紅火，對背後的忘却冷漠多少有所抱憾的心情。

我在接受《解放日報》記者的采訪時，曾經説過：『畢竟，季老和我們身邊、社區裏的某一位慈祥、正直的老人還是有所不同的。』爲什麽這麽説呢？道理其實也并不複雜，季先生無疑是一個歷史人物，自有其歷史地位。但是，這個地位的確立，首先因爲他是一位傑出的學者，我們應該努力去瞭解他在學術史、精神史上的創獲與貢獻。

『學術泰斗』、『國寶』是一個不重在反映專業學術領域的尊稱，我們可以先不去討論。『國學大師』云云，實際上就作爲學者的季先生而論，也確實有未達一間的嫌疑。其實，季羡林先生研究的主要領域并不是傳統意義上的國學，他不從朝代史、制度史的角度研究歷史，不關注嚴格意義上的經學，也不按照通行的『學術規範』來研究古代文學。通常我們所説的文史哲祇能算季先生的『副業』。

那麽，季先生的主要領域是什麽呢？他的『看家本領』是什麽呢？他又是憑藉什麽樣的重要貢獻才會在國際學術界擁有如此高的聲望和地位呢？

用最簡單的方式來説，季先生的主要領域和『看家本領』，乃是以歷史語言學和比較語言學的方法研究梵文、巴利文、包括佛教混合梵語在内的多種俗語、吐火羅語，并由此解決印歐語言學和佛教史上的重大的難題。我在新近出版的《季門立雪》的封底，特意標出了這麽一段話，我相信季先生也會認可的：『如果説季羡林先生的學術研究有一條貫穿其中的紅綫，那麽，這條紅綫非印度古代語言研究莫屬。無論是對於研究中印關係史、印度歷史與文化、東方文化、佛教、比較文學和民間文學、吐火羅文、糖史，還是翻譯梵文等語種文學作品，先生在印度古代語言研究領域的工作、成就、造詣，都具有首要的、根本的重要性。』

這是一個極其冷僻的專業領域，很少有人瞭解。大家對季先生作爲學者的一面大有隔膜，是一件絲毫不奇怪的事情。我在這裏受場合和時間的限制，也没有可能予以詳細的評説，祇能儘量用最簡單的語言做最簡略的介紹，希望對大家了解季先生作爲學者的一面有所幫助。

季先生的主要的學術生涯和學術貢獻都可以被分成三段。從一九三五年赴德國

哥廷根大學留學到一九四五年回國爲第一階段。季先生的留學，抱有一個和當時的流俗截然不同的想法，那就是絕對不利用自己是一個中國人的先天優勢，做和中國研究有任何關聯的題目。換句話説，季先生對那種在國外靠孔子、莊子、老子把洋人哄得一愣一愣以獲得博士學位，而回到國内却又靠黑格爾、康德、尼采把國人唬得一愣一愣以成爲名教授的人，是很不以爲然的。他決心進入當時國際人文學科的最前沿，在洋人擁有巨大先天優勢、深厚傳統的印歐語言學領域裏大展身手，所謂入其室，操其戈而伐其人。因此，季先生留德期間所學的課程和漢學幾乎完全無關，他的主科是印度學，副科是英國語言學和斯拉夫語言學，主要精力放在梵文、巴利文、吠陀文、佛教混合梵文、俗語、吐火羅語、俄語、南斯拉夫語、阿拉伯語等的學習和研究上。季先生留德期間完成和發表在德國最權威刊物上的幾篇非常厚重的論文，都以當時印歐語言學領域最前沿的問題爲關注點，并且引起了轟動，其影響一直延續到今天。這些論文不僅解決了所要討論的問題，更重要的是在這些領域都做出了方法論層面的重要貢獻：比如，利用語尾變化、特殊的動詞形態等語法形式，在幾乎没有信史資料的情況下解決佛典的年代和來源問題，利用不同語言的平行譯本解決還幾乎處在破譯階段的吐火羅語的語義問題，甚至還解決了古希臘語裏面一個從未得到確切理解的重要語尾的問題！這些都是具有極其重要的學術意義的。關於這一階段季先生本人有《留德十年》，大家可以參看。

一九四五年，季先生放棄了在德國的教職和英國劍橋大學的邀請，離開德國，到一九七八年，長達三十多年的時間，可以看作是季先生學術生涯的第二個階段。這是三十四歲到六十五歲，是學者最珍貴的黄金年齡階段，理應是季先生學術生涯最輝煌的階段。然而，由於衆所周知的原因，却是最暗淡無光的苦難的時期。這個階段勉强還可以一分爲二。一九四六年到『文革』的二十年爲前半階段，受到國内資料和對外聯絡、政治環境等等的限制，用季先生自己的話來説，只能『有多大碗，吃多少飯』了。季先生無奈地放棄了在德國已經打下極好基礎、具有極高起點的本行研究，被迫轉而將主要精力投入到中印交流史、佛教史研究以及翻譯工作上。從一九六六年以後可以看作是後半階段，季先生幾乎被迫害至死，好幾次被打得祇能自己爬回家，好幾次動了自殺的念頭，哪里還談得上什麽學術研究。祇有在『文革』的後期，季先生擔心自己把梵文給忘了，偷偷地開始翻譯《羅摩衍那》，這完全不是季先生的本意，我們祇能説這是傷心滴血的輝煌了。季先生的《牛棚雜憶》就是寫自己在這後半段的遭遇的，大家都知道，那是一部記録瘋狂野

蠻時代的傑作。

第三階段從一九七八年開始，當然到今天也沒有結束。季先生恢復了學術研究，在承擔常人無法想象的繁重的社會、學術領導工作的同時，真是爭分奪秒，以拼命的態度搶回失去的時光。在這個階段，季先生有機會接觸國外的最新材料，於是接續在留德期間奠基的研究，不斷地發現、補充新材料，進一步論證推衍自己的判斷和結論。於第二階段無奈地開始的中印文化交流史、佛教史的研究，也在這個階段綻放出奇光異彩，厚厚的一部《糖史》就是證明之一。季先生還毅然接受了一個巨大的挑戰，研究、翻譯、考證了新疆發現的、篇幅最大的吐火羅語文獻《彌勒會見記》，這項研究難度之大、成就之高，震撼了國際學術界。大家別忘了，這時候的季先生已經是七八十歲的高齡了，且不說他肩上擔負著多少重要的工作，就以這樣的高齡承擔這樣的研究任務這一點而言，就已經足以讓我這樣的後生小輩嘆爲觀止了。更重要的是，我們絕對不能忘記，一直到今天，季先生還是中國唯一一個可以釋讀吐火羅語本身的學者，也就是說，如此高齡的季先生在爲捍衛吐火羅語發現地——中國的學術榮譽而孤身奮戰！這怎麼能夠不讓我這樣的門生弟子、後生晚輩汗顏呢？

我上面的介紹遠遠不足以涵蓋季先生作爲學者的成就。好在我寫了《季門立雪》，裏面有相對而言比較全面的介紹。

我們還必須牢記，在這第三階段，季先生的大量精力還投入到包括敦煌學、吐魯番學、比較文學等等等等新的學術領域和學術組織的開創、建立、完善上了。我在前面提到過，季先生曾經一身擔任了一百多個學術領導職務，爲新時期中國學術的繁榮發展嘔心瀝血、竭盡全力，做出了別人無法替代也很難相比的巨大貢獻。季先生贏得中國學術界的廣泛尊敬，難道不是理所當然的嗎？我們難道不應該對季先生抱有一份感激之情嗎？

我曾經說過這樣的話，季先生最大的魅力，就是仿佛無法用堂皇的語言來言說他的魅力。我這麼說，也許會令很多人感到失望。但是用在季先生身上的形容詞，最合適的大概還是純粹和平淡。季先生當然不是神，也不是聖人。但是，作爲一個從各種運動中走出來的知識份子，最難能可貴的是，他保持了人生的清白坦蕩，任何人無法對這一點有任何指責和爭論。該守望、該堅持的東西，季先生一樣也沒有放棄。

在那個年代，季先生這樣的人原本是一個群體現象，而到了現在，季先生和他那樣的人成了

孤零零的個體現象了。這是值得我們深思的。

一個對他人、對社會滿懷著愛和責任感的老人，在一個普遍以自我爲中心的年代裏『走俏』了；一個像土地般樸素、真誠，從來不追名逐利的老人，在一個講究包裝、炒作、媚俗的年代裏『走俏』了，這就是我説『看不懂』的原因。

但是，我清楚地知道，堅定地相信，我們的時代正需要這樣的世紀老人，在季先生的身上寄托了善良的人們太多的精神夢想。對季先生的這種珍惜和尊崇，當然讓我這個弟子感到快樂，但同時也讓我陷入到一種茫然和悲哀之中：難道我們不應該看到，在這股熱的背後隱藏著在精神、道德和人文情懷方面的貧乏和蒼白麼？

季先生已經到了天高雲淡的境界。我在想，老人家若是知道了我今天的講演，會説什麼呢？老人的心裏會怎麼想呢？我不知道，但是，我覺得季先生也許會像巴金老人這樣説：

『從現在起，我是爲你們而活。』

智慧與學術的相生相剋

首先，必須做一個實際上説不明白的説明：題目裏的『智慧』指的是『東方式的智慧』，而『學術』則指的是『西方式的學術』。然而，即使勉强做了這樣的區分，我也很難寫明白金克木先生這個人。不過，又有幾個人能够真正地瞭解金先生呢？想到這點，我也就憑空冒出幾分寫這篇文章的勇氣了。

金先生是在一九四九年前不久，由湯用彤先生推薦給季羡林先生，從武漢大學轉入北京大學東方語文學系的。自此以後，季、金兩位先生的名字就和中國的印度學，特别是梵文巴利文研究分不開了。一九四九年以後，只招收過兩届梵文巴利文的本科班。一九六〇年—一九六五年的那一班，就是由兩位先生聯袂講授的。余生也晚，是一九八四年考入北京大學學習梵巴文的，當時季、金兩位先生都已年過古稀，不再親執教鞭了。季先生還擔任著北大的行政領導工作，每天都到外文樓那間狹小的房間辦公；金先生則似乎已經淡出江湖，很少出門了。因此，我和同學們見金先生的機會就遠少於見季先生的機會。

雖説我見金先生遠比見季先生少，但一般而言，却也要比别人見金先生多一些。我第一次見

金先生，是在大學一年級的第二學期，奉一位同學轉達的金先生命我前去的口諭，到朗潤湖畔的十三公寓晋謁的。當時，我不知天高地厚，居然在東語系的一個雜志上寫了一篇洋洋灑灑近萬言的論印度六派哲學的文章。不知怎麽，金先生居然看到了。去了以後，在没有一本書的客廳應該也兼書房的房間裏（這在北大是頗爲奇怪的）甫一落座，還没容我以後輩學生之禮請安問好，金先生就對著我這個初次見面還不到二十歲的學生，就我的爛文章，滔滔不絶地一個人講了兩個多小時。其間絶對没有一句客套鼓勵，全是『這不對』，『搞錯了』，『不是這樣的』，『不能這麽説』。也不管我聽不聽得懂，教訓中不時夾著英語、法語、德語，自然少不了中氣十足的梵語。直到我告辭出門，金先生還一手把著門，站著講了半個小時。一邊敘述著自己身上的各種疾病，我也聽不清楚，反正好像重要的器官都講到了；一邊還是英語、法語、德語、梵語和『這不對』，『搞錯了』……最後的結束語居然是：『我快不行了，離死不遠了，這恐怕是我們最後一次見面了。』

當然是我『搞錯了』，難道還是金先生錯不成？但是，當時的感覺實實在在是如雷貫耳，絶非醍醐灌頂。這種風格和季先生大不相同。我年少不更事，不懂得季先生的時間的寶貴，時常拿一些自以爲是的破文章向季先生請教。季先生未必都是鼓勵，可是一定會給我開張詳細的書單。有時甚至將我的破文章轉給一些大學者，請他們提意見。有一篇講日本佛教的，季先生就曾經請周一良、嚴紹璗先生看過。兩位先生還都寫了詳盡的審閲意見，這使我没齒難忘。不過，季先生和金先生也有一點相同，就是也不管我懂不懂，開的書單也是英語、法語、德語、梵語。衹不過一個是説，一個是寫。

但是，這通教訓倒也并没有使我對金先生採取敬而遠之的態度。因爲，我再愚蠢也能感覺到『這不對』，『搞錯了』的背後，是對反潮流式的來學梵文的一個小孩子的濃濃關愛。後來，我和金先生見面的機會還很不少。每次都能聽到一些國際學術界的最新動態，有符號學、現象學、參照系、格式塔、邊際效應、數理邏輯、量子力學、天體物理、人工智慧、電腦語言……這些我都衹能一頭霧水傻傻地聽著，照例都是金先生獨奏，他似乎是從來不在乎有没有和聲共鳴的。除了一次，絶對就這麽一次，金先生從抽屜裏拿出一本比三十二開本還小得多的外國書來，指著自己的鉛筆批注，朝我一晃，我連是什麽書也没有看清楚，書就被塞進了抽屜。此外，照例我也没有在金先生那裏看到過什麽書。幾個小時一人獨奏後，送我到門口，照例是一手扶著門框，還要説上半小時，數説自己幾乎全部的重要器官都出了毛病。結束語照例是：『我快不行了，離死不遠了，這恐怕

是我們最後一次見面了。』我當然不會像初次見面那樣多少有些信以爲真了，於是連『請保重』這樣的安慰套話也懶得説，只是呵呵一笑，告辭，揚長而去。

慢慢地我發現，除了第一次把我叫去教訓時，金先生談的主要是和專業有關的話題，還很説了一些梵語，後來的談話却全部和梵文巴利文專業如隔霄漢，風馬牛不相及，天竺之音自然也再也無福當面聆聽了。金先生似乎更是一個『百科學』教授。每次談話的結果，我祇是一頭霧水之上再添一頭霧水。

課堂上是多少有點尊嚴的，但是，同學們不時也會忍不住向任課教師、一九六〇級的蔣忠新老師，打聽一些有關金先生的問題；至少在課間，金先生絶對是話題。蔣老師也是一個奇人，他雖然從來不像金先生那樣描述自己身體上的病，身體却實在是差。給我們上一個學年的課，居然醫生會發出兩次病危通知(後來好起來，但也在六十歲左右就去世了，前不久我還買到了他和另外兩位老師合譯的《故事海選》)。我跟蔣老師至少學到兩手：一、評議學位論文『如果世界上真有滿分的話，那麼這篇論文就應該得滿分』；二、冬天出門前，先將手伸到窗外，試探一下温度。總之，蔣老師是非常嚴謹的，更不會議論老師。不過，被一群小孩子逼得實在過不了關，也説了一件事。他們念書的時候，主要課程由季先生、金先生分任。季先生總是抱著一大堆事先夾好小條的書來，按照計劃講課，下課鈴一響就下課，絶不拖堂；金先生則是一支粉筆，口若懸河，對下課鈴充耳不聞，例行拖堂。

學生是調皮的，好奇心自然會延伸到想探探祖師爺的功夫到底有多高的問題上來。蔣老師是不會隨便回答這樣的問題的，長篇大論我們也聽不出個所以然來。可是又實在不甘心，變著法要套出個答案來。班上有位姓周的北京同學，是被分配到梵文專業來的，平時多數時間一身軍裝衣鞋不解高臥於軍被裏，要不就苦練吉他。人是聰敏的。一次課上，他提出一個蔣老師似乎無法拒絶的要求：雖説梵文是死語言，但畢竟是能够説的呀，蔣老師是否應該請季先生、金先生各録一段梵文吟誦，讓我們學習學習？

蔣老師一口應承。下節課，蔣老師帶來一盤帶子。放前先説，季先生、金先生都很忙，不宜打擾。這是一盤金先生從前録的帶子，大家可以學習。金先生的梵文是跟印度婆羅門學的，基本路數和我們中國過去背誦四書五經差不多。帶子一放，金先生的梵文吟唱如水銀瀉地般充滿了整個教室，教室裏一片寂靜。我至今記得金先生的吟唱，可是至今無法描繪那種神秘、蒼茫、悠揚、

跌宕……

就在這一刻，我覺得自己被吸進了白居易《琵琶行》的『大弦嘈嘈如急雨，小弦切切如私語。嘈嘈切切錯雜彈，大珠小珠落玉盤。間關鶯語花底滑，幽咽泉流冰（作冰不作水，從陳寅恪先生説）下難。冰泉冷澀弦凝絶，凝絶不通聲暫歇。别有幽愁暗恨生，此時無聲勝有聲。銀瓶乍破水漿迸，鐵騎突出刀槍鳴。曲終收撥當心畫，四弦一聲如裂帛』。帶子放完，課堂裹仍是寂靜。最早出聲的是周同學，却衹有兩個字：『音樂。』

這是我第二次聽到金先生的梵文吟唱，當時想不到，這竟然也是最後一次。吟唱後，同學們都垂頭喪氣。我們平時練習十分困難的梵文發音時，周圍的同學都來嘲笑我們，説梵文裹有馬、牛、狗等等所有動物的聲音，還拜托我們、不要製造噪音。我們一直認爲梵文是世界上最難聽的語言。現在我們明白了，爲什麼梵文是聖語，爲什麼梵文有神的地位。這是一種什麼樣的美啊，『此音只合天上有』，要怪也衹有怪我們自己實在凡俗。

如今回過頭來看，梵文巴利文這種神聖的語言在今天的末法時節是幾乎不可能存活的。大環境的壓抑，早就使同學喪失了定力。而金先生的梵文吟唱則是對一九八四級梵文班同學學習梵文的自信心的一次美麗却嚴重的打擊。大家不再抱怨什麼了，梵文不僅不難聽，相反她的美麗是那麼地撼人心魂，但是誰都明白了，這份徹心徹肺的美麗又是那麼地杳不可及。一九八四級梵文班過半數同學要求轉系，就發生在這場吟誦之後不久。今天的結果是，一九八四級梵文班近乎全軍覆没了。誰也無法，也没必要爲此負責，但是我相信，金先生是預見到了的。

不久以後，我就到德國留學去了。八十年代末回到北大後，又心甘情願地運交華蓋，很快就離開了燕園。當時的情勢和我的心情，或者是幼稚天真的樂觀，使我連和師友告别的念頭都没有動過。一直到金先生去世，我再也没有見過他，再也没有聽到他滔滔不絶的獨自講論，再也没有聽到他數説自己的種種已有的和可能有的疾病，再也没有聽到他『我快不行了，離死不遠了，這恐怕是我們最後一次見面了』的招牌結束語。

回到南方以後，我還是一直輾轉聽到金先生的消息。知道他一如既往地開講，知道他一如既往地結束。心裹總有一種慰然的感覺。有一天，聽一位剛見過金先生的朋友説，金先生打上電腦了：『一不留神就寫上萬把字。』不用那位朋友解釋，我就知道這就是原汁原味的金氏話語。心裹更是高興。

金先生的文章也確實越來越多，《文彙讀書周報》、《讀書》隔三差五地發表。思路還是那樣跳躍，文字還是那樣清爽，議論還是那麼犀利，語調還是那麼詼諧。金先生的名聲也隨之超越了學術界，幾乎成爲一個公衆人物了。大家喜歡他的散文隨筆，喜歡他的文化評論，其實也就是一句話，被他字裏行間的智慧迷倒了。智慧總是和神秘聯繫在一起的，金先生也就漸漸成了一個文化傳奇。

關於金先生的傳奇在文化圈裏的確很是流行，也頗有些人因爲我是學梵文巴利文的，而向我打聽求證。有的傳奇是從金先生用筆名辛竺出版的《舊巢痕》、用本名出版的《天竺舊事》這兩本自傳體著作裏生發出來的，雖然經過了讀者的理解、闡釋、揣測、發揮，多少與實際情況有些出入，總還不算太離譜。不過，儘管這兩本書都由三聯書店出版，而且總的印數也不算少，但是，以我的感覺，真正的讀者恐怕并不太多。大部分是耳食者兼傳播者，而且傳播的程度一般和耳食的程度成正比。我不知道這是否可以算作傳播學的一條規律，好像事實如此。還不僅如此，傳播者的放大功能實在是厲害。個子矮小的金先生經過傳奇放大，竟然使我覺得面目模糊起來了。我就舉兩個傳奇吧。

一個有影子的，當然也不準確，是説，金先生回到國內，工作却不是那麼容易找。正好某某大學法語教師出缺，當事者久聞金先生通曉多種外語的大名，就想當然地以爲金先生自然也懂法語，就給金先生下了聘書。豈料金先生真正是『萬寶全書缺只角』，偏偏就不會法語。但是，飯碗送上門來，又没有推回去的道理，更何況金先生還等飯下肚呢？於是，金先生就按照課本，照他一貫的做法開始閉門造車式的自學，保證比聽講的學生領先五到十課。這法語一教就是四年，四年下來，學生固然學會了法語，金先生的法語水平更是理所當然地在學生之上了。我之所以説這個傳奇多少有點影子，首先是因爲金先生的確是通法語的。其次，儘管我不知道金先生是什麼時候開始學法語的，但是，我知道金先生很早就通英語、德語、世界語，學會了這些語言，再去學法語，過來人都知道，確實是有事半功倍的效果的。假使這件事是事實，也不必奇怪。因爲，故事發生時金先生已經從印度回國，掌握了梵語巴利語，在上述的情況下學會法語，實在不值得奇怪。如果這也算得上傳奇，端的反而有低估金先生的出人聰明的嫌疑了。

另一個傳奇實在是連影子都没有了。北大盛產奇人怪人，金先生當然名列其中。不過，落實到具體的事情上，就未必靠得住了。北大是各種詼諧的順口溜的出產地，比如北大有幾怪。完整

的忘了，有兩怪却是記得的：『金克木的手杖，周某某的拐。』後者説的也是一位很受學生尊敬的著名教授，他出門必要像不良於行者那樣夾著雙拐。只不過，他的雙拐從來不點地，是雙手提著，兩脚却行走如飛的。這位老先生不服老，經常騎車。這就更精彩傳奇了，雙拐自然不可須臾離身，人在拐在，但要騎車，雙手没空，好個老先生，居然將雙拐夾在自行車後，在燕園裏飛馳。『金克木的手杖』，則是講金先生的手杖也從不點地，而是擎著朝天畫圈揮舞的。這就靠不住了。我就經常見到金先生仗杖而行，手杖偶爾離地是免不了的，不過，一般確確實實是按照步律點地的。我不敢保證金先生的手杖没有朝天畫圈的時候，但這種情況肯定是不會多的。手杖偶爾一朝天，就被放大傳播成時時指天，這就像一個人擡起頭做了一件什麽事，或者説了一句什麽話，就被説成是終身替天行道，終究是靠不住的。

有關金先生的傳奇還有不少。在他去世後不久，由三聯書店出版的《孔乙己外傳》也可以當作金先生的自傳，很是有趣，但也委實并不好讀好懂，一如既往地撲朔迷離，時幻時真。『説了白説』、『白説也説』，再加上欲語還休的藴藉，我想，這本書和它的作者是注定難逃被索隱的宿命的。金先生的舊傳奇會流傳，新傳奇會涌現，舊傳奇會披上新衣，新傳奇會蒙上舊顔。循環往復，終究難得止時。

既然迷倒了，也就顧不上那麽許多。在公衆眼裏，一個學者的名聲超越了學術界，有了不少傳奇如影相隨，那麽此人渾身上下揮發出來的全是智慧，似乎也就和學術没有什麽關聯了。至少不必費心去考量他的學術，更不必説體察他的智慧和學術的關係了。

身爲晚輩，倒也忝列金先生同行的我，却不願、不敢、也不能持這種看法。我們在仰望、贊嘆金先生的智慧時，不應該淡化乃至忘却和他的智慧密不可分的他的學術。自然，金先生有智慧，這有與生俱來的成分，也和他特殊的生活閲歷人生體驗有關係，但是，金先生何以有這樣的而不是那樣的智慧，一句話，他的智慧何以洋溢著攝人心魂的神秘？要回答這個問題，畢竟還是要好好想想他的學術的。

這裏不是介紹或評述金先生的寂寞的學術的地方。就一個大學者而言，固然一字一語、一行一動無非學術。但是，世俗却總是要做『分別』的。就隨順世俗吧，按照眼下通行的規矩，金先生的幾十部書中至少有三本是差不多可以算『學術著作』的：《梵語文學史》、《印度文化論集》、《比較文化論集》。還有幾種翻譯，除了合譯的，金先生自己單獨譯的有《古代印度文藝理論文選》、《印

度古詩選》。對了，照學術規範，儘管是從没有幾個人懂的梵語翻譯的，儘管是選過的，翻譯也總是不能作數的。那麽也没有辦法可想。我之所以這麽勉强，是因爲我知道，如果按照被奉爲圭臬的某某國某某大學的論文寫作規範手册（有没有人認真讀過，我是很懷疑的，區區倒是因爲想搞明白究竟何爲規範，很是啃了一下的），金先生的書大概是當不得『學術著作』這四字真言的。

與金先生風行於世的散文隨筆、詩歌小説、文化評論相比，他的帶有濃郁的東方智慧色彩而肯定不符合時下流行的西方學術規範的學術著作，注定是寂寞的。這不是曲高和寡的問題，而是時代的宿命，是難逃的『劫波』。寂寞就寂寞吧，金先生這樣明白的人是不會在乎的。

我的一位老師，一九六〇級梵文班學生中最高才之一，去拜訪金先生。金先生突然問他：『我的書，你們能讀懂嗎？』拜訪者敬謹答曰：『有些能，有些不能。』

金先生斷然説道：『你們讀不懂，我不是搞學術的，我搞的是XX。』拜訪者愕然。後來有一天，這位老師將金先生的這句話告訴了我。我是知道這『XX』的。我當然也是愕然。

先不説智慧吧，智慧是要隨人而去的，繼承或學習前人的智慧是可笑的誑語。那麽，金先生自己可以不承認，但我們却不能就因此而否認的金先生的學術呢，恐怕是要被遺忘的吧？至於金先生自己所説的『XX』呢，更是注定要湮滅的吧？

每每在夜深人靜寂然獨坐的時候，胸間腦際都會無來由地涌上這些飄飄忽忽却勾人魂魄的問號，我的心就陡然一緊。看看窗外，夜也更深了。

『畢竟是書生』

——紀念周一良先生

周一良先生的門生弟子終於没有能够等到慶賀周先生九十華誕的那一天，二〇〇一年十月二十三日晨，一良先生安詳地去了。將近一周了，我却還是不能平静，一陣陣地胸悶心悸。二十九日，我在『中外交往史』課上向學生讀了一篇短短的悼文，以表達自己的哀思。我不得不低下頭，因爲泪水已是幾乎控制不住了。

對於我來説，噩耗既在意料之中，又在意料之外。説是意料之中，那是因爲一良先生近幾年來，一直受著帕金森氏症的折磨，已有很長時間不能行走自如，文章也主要靠口述而成了。對於老人，這些都是不祥的預兆吧。

説起這種疾病的起因，真正是應了『樂極生悲』四個字的。一九九三年一月間，學生聚會恭賀一良先生八十大壽。一良先生的心情極好。回家時，不顧學生們的勸阻，堅持要一如既往地騎他那輛在北大頗有點名氣的小軲轆女車。當時，一良先生的身體也是極好，何况北大校園裏的騎車老人比比皆是，所以學生們的勸也不很認真。一良先生笑答：『這就騎最後一次了，過了八十，明天就安步當車吧。』那是想來連他自己都未必當真的。豈料一語成讖，不知怎麽的，出門就是一跤，從此，只能安步了。不久，連步都不安了，只能坐上了輪椅。一九九三年，我已經離開北大回到了上海，這個消息是輾轉聽到的。聽誰説的，已是想不起來了，那人惋惜地説『那晚還有很好的月亮啊』的神情却宛在目前。

可是，情况也似乎并没有馬上就惡化。我還是不停地收到一良先生賜寄的著作，由於擔心的緣故，開始特别留意一良先生題字筆迹的變化。那一跤以後不久，我收到了《周一良先生八十生日紀念論文集》（中國社會科學出版社，一九九三），連包書紙上的地址都還是一良先生的親筆，介於行楷和行草之間，漂亮極了。這是誰都不捨得丢棄的，我將包書紙的有字的部分剪了下來，粘貼在書後。周慰曾的《周叔弢傳》（北京師範大學出版社，一九九四），我是一九九五年謁見一良先生時領賜的，却没有題贈之辭。我自己在扉頁上有一段題記：『一九九五年六月三日下午五時許，同守常往訪太初先生。時先生因小中風，正請人按摩，右手已幾不能握管。余呈上《周叔弢與自莊嚴堪》一文（《文彙讀書周報》，一九九二年十二月五日，原是爲慶賀一良先生八十華誕而作——補記）。然先生精神尚好也。』以後的《周一良學術論著自選集》（首都師範大學出版

社，一九九五)、《畢竟是書生》(北京十月文藝出版社，一九九八)還都有一良先生的題字，但筆迹已如孩童，顯得越來越吃力拙重了，我的心情也隨之日漸沈重。一九九八年遼寧教育出版社出版的《周一良集》五大卷也蒙頒賜了，印刷裝幀都堪稱精美，由於没有一良先生的題字，總有美中不足的遺憾；而且我也明知是再也不會有的了，這份無法彌補的遺憾也就更令我傷感。《折柴焚記》(北京大學出版社，一九九八)出版後，我知道不能再等一良先生賜寄了，於是書店一見就買了。書是一良先生翻譯的新井白石的名著，一册平装拿在手裏薄薄輕輕的，心裏也空空落落的。

我總覺得一良先生正在悄悄地走遠……於是多少也有點準備了。

至於説意料之外，那是因爲我知道就在二十一日晚，一良先生還和季羡林師、饒宗頤先生歡聚暢談，興致很高；二十二日下午，一良先生可能是意猶未盡，還和季羡林師通了時間不短的電話。我正在爲這幾位學界耆老的身心俱泰而高興，豈料一良先生就在二十三日晨駕鶴西去了。無論我做了多少的心理準備，這也實在是太過突然了。我呆住了，手裏的電話許久忘了挂上。

當年考大學，北大歷史系只在上海招一個，聽説似乎是内定了要招如今已在美國費城大學的楊兄的，何況我的第一志願是考一九四九年以來只是第二次招生的梵文巴利文專業，也是推薦特招的。因此，儘管據説我的歷史考分是當年上海的第一名，但我進的却是外語類的東方語言文學系，并不是歷史系的學生。而且，大概是在我進大學的前一年，一良先生就已經『按時』退休了，所以我没有聽過一良先生的課。可是，不管按什麽標準來看，我却都應該算是一良先生的學生。

道理很簡單：我的恩師季羡林先生和一良先生是多年的好友。一良先生的絶『筆』大概是爲《季羡林與二十世紀中國學術》(北京大學出版社，二〇〇一年七月)口述的『序』了吧，裏面有這麽一段話：『回想一九四六年春，陳寅恪先生在歐洲治療眼疾，不幸未成功，取道美洲返國，趙元任先生夫婦從劍橋開車去紐約碼頭探望睡在普通艙、没有下船的陳先生。我與楊聯陞兄隨同前往。就是這次從陳先生口中聽説在德國學習梵文的季羡林先生。這已是五十五年前的事了。一九四六年秋，我回到北平，在北大紅樓得識季羡林兄，兩人共同語言很多、問題看法往往一致。以後往來踪迹雖不密切，但似乎心心相通。』我以爲，『心心相通』四個字是兩位先生半個多世紀交誼的最好寫照了。

大約是一九八五年，我在讀大學二年級，寫了一篇考證佛教傳入日本的最早時間的文章，呈

交給季羡林師。當時還不怎麼懂事，不知道應該珍惜老師的寶貴時間，什麼爛文章都往季羡林師那兒送。季師自謙，説對這個問題素未留意，親自具函請一良先生和嚴紹璗先生審閲。一良先生的審閲意見有滿滿一紙，鼓勵之意、提携後進之情溢於言表，同時也婉轉地指出，文章的結論似乎不够穩固，還有進一步收集資料的必要。文章經過修改發表了，我也從此開始時常到燕東園二十四號一良先生的寓所拜訪請教，總是如沐春風。一良先生字字珠璣，我是只恨耳朵不够用。最難忘的印象是，一良先生對書極熟，我不記得他當場翻過書。此外，就是一良先生的外語，英、德、法、日不必説，偶然一露的梵文，發音也是非常到位。小孩子不懂得應該克制一下好奇心，我就直接問過一良先生何以臻此？一良先生似乎并不以爲忤，答曰：他自己有時也覺得有趣，自己酷愛京劇，連形容陳寅恪先生講課之精彩也是『真過癮，就像聽了一出楊小樓的拿手好戲！』可是，唱起京劇來，却是五音不全、荒腔走板。然而，外語發音却從來没有遇到什麼困難。這段話後來在一良先生的自傳《畢竟是書生》裹發表了。我至今還可以清晰地想見一良先生悠然自得、微微得意的神情……

後來，我去了德國留學。回來已是上世紀八十年代末了，寫了一篇文章，比勘馬鳴的『*Buddhacarita*』諸梵本，試圖歸納寫本系統。原來是洋洋灑灑數萬字的，季羡林師像當年他的導師瓦爾德施密特教授對待他的博士論文一樣，用一個前括弧、一個後括弧，將我自鳴得意其實儘是廢話的『導論』完全删落。剩下的就是發表在《中國社會科學》一九九〇年第一期（創刊十周年紀念專號）上的《試論馬鳴〈佛本行經〉》。裏面提到了一良先生發表在一九四八年四月十七日《申報·文史副刊》第十九期上的《漢譯馬鳴〈佛所行贊〉的名稱和譯者》，認爲一良先生『真正解決了這個問題』。可是，我和一良先生的意見也不盡相同：『不過，周一良先生「佛本行經和龐大的佛本行集經尤其無干」的説法似乎可以商榷。實際上，《佛本行集經》主要是引文，尤其在第四至第九品以及第十一品中更是大段大段地抄自《佛本行經》。這個情況瓊斯頓早已指出了。』現在看來，先不説當時才二十四歲的我的這段話語氣顯有不遜之嫌，若就事論事，一良先生關心的原本也只是『名稱和譯者』，我的問題不在一良先生的題中，我的蛇足之論才真正是『無干』。一良先生豈能不明白？然而，當我前去拜望時，一良先生主動提到我的文章，微笑著説：『我的這篇文章發表了幾十年，石沈大海，没有反響。你是第一個注意到的。我送你八個字：「空谷足音，後生可畏。」』我敢保證，這句話我記得一字不差，因爲能得到一良先生的稱賞，要説不得意，那就

實在是虛僞了。多年以後，我明白了當時沒有意識到的冒失，却在一九九六年收到了《周一良學術論著自選集》，不禁還是首先翻到那一篇，在文末看到了這麼一句：『〔補記〕《中國社會科學》一九九〇年第一期載錢文忠同志《試論馬鳴〈佛本行經〉》，對此文有所引申論證，希讀者參看。一九九三年二月編定自選集時補記。』一九九三年，是我最困難的時候，我離開北大，幾年間在南方漂泊；一九九六年，我正在絶望中等待著重新回到大學的機會。人隔千里，我只覺得，一良先生離我從來沒有那麼的近過。

我的腦海裏滿是和一良先生相晤相對的影像，揮之不去……

一九九〇年八月，我得到聯合國『十世紀前的絲綢之路和東西文化交流：沙漠路綫考察烏魯木齊國際研討會』的邀請，當我知道一良先生竟然也去時，我大喜過望。就趕忙與一良先生相約，一同飛往烏魯木齊。就在北京機場，我親眼目睹了不能忘却的一幕。本著『有事弟子服其勞』的古訓，我提出要替一良先生提包，一良先生却一直不肯。不料一進機場大廳，一良先生却把包往我手裏一塞，自己加快脚步，以近乎小跑的速度向一個人迎上去。等我醒過神來，趕上去，就只看見一良先生微躬著身，握著那個人的手在問：『您身體可好？您也去開會啊。』我在旁邊定睛一看，那個人似乎不見得比一良先生年高，個子瘦小，腰板筆直，雙目精光四射。手提網兜一個，內裝老式臉盆暖壺，似乎頸後還有一頂草帽，仿佛要下鄉或去幹校勞動的樣子，這在滿是西裝革履的候機大廳裏可是有點突兀。那人却神閑氣定，絲毫不覺得自己和周圍人有什麼不協調。一良先生回過頭來，爲我介紹：『小錢，這位是林志純林先生。』見我一時沒有反應，一良先生又補上一句：『日知先生啊。』日知先生，那可是比當時已經七十七歲的一良先生還要年長許多的，哪知看上去如此矍鑠，我趕緊鞠躬如儀。一路上，兩位先生不顧蘇製圖一五四震耳的噪音，不停地親密交談著，看來他們也是許久不見了。我觀察著一良先生，他在親密中一直不失對年長者的關切和敬重。這是多麼生動的一課。我有幸忝列日知先生的弟子黃洋兄和金壽福兄的同事，前不久還和他們談起這件事。不過，我想，此生此世，恐怕我是不太會再談的了。

儘管我見到不多，但是，一良先生也有批評人的時候。就在那次會上，我用英語宣讀論文『The Ancient Chinese Names of India and Their Origins』（《印度的古代漢語譯名及其來源》）。讀完，坐到一良先生身邊。一良先生就説：『accent（重音）錯了好幾個。』然後一一復述，爲我糾正。我在佩服一良先生的過耳不忘的同時，更多感覺到的是一種暖暖的感動。

如果説這樣的批評還是慈眉善目的話，那麽，儒雅矜持的一良先生也還有怒目金剛的時候。可能説怒目有些過了，但是，的確是金剛般的嚴肅的。還是在那次會上，一良先生忽然對我説：『這成什麽話，簡直豈有此理，丢臉丢到家了。你看——』我驚訝地接過一良先生遞過來的一篇論文，不禁也爲之臉紅了：在該文的英文摘要裏，提到不少日本學者的名字。作者不知道這些名字日文的羅馬字母轉寫拼法，連字典也懶得查，也不去請教懂行的人，居然徑直以中文拼音出之。舉個例吧：中村元不説 Hajime Nakamura，而説 Zhongcunyuan；湯山明不説 Akira Yuyama，而説 Tangshanming！我想，這樣的『學者』今天大概是還有不少的吧，似乎大可不必爲他們臉紅的。

另一次是在北大校園司徒雷登的舊居『臨湖軒』。一位外國學者來訪，舉行一次範圍不大的交流活動。事先考慮到與會者未必都能講外語，準備了翻譯。偏偏有那麽一位很有些年紀和地位的學者，不知藏拙，堅持自己講英語。那實在是不可卒聽的『英語』，悍然不顧一切的發音和語法規則，標準的『人有多大膽地有多高産』，直聽得人肚腸根和牙根一同發癢。散會，陪侍一良先生回家，我斗膽發表了自己的聽感。一良先生的回答是：『不知羞耻爲何物，要是有個地洞，我都要替他鑽下去。』

這些都是我親身經歷的事了。可是，有一件和我的命運最直接相關的事，也是一良先生最令我感動的一件事，我却是在幾年以後才知道的。

九十年代初，我有五六年時間不能到所有與學術相關的機構工作，苦悶是可想而知的了。幾年前的一天，忽然有位朋友傳話，説王元化先生讓我去看他。我與王元化先生從來没有見過面，王先生的地位是那麽崇高，自己當時又多少有些自暴自棄……不過，考慮再三，我還是遵命趨謁了。從此，在我的人生旅途中又多了一位恩師、嚴師，在王先生和其他先生的關心下，不久我又得以回到了自己應該呆的地方。可是，不知道爲什麽，現在想想也實在很是奇怪，我居然没有問過王先生，他是怎麽知道有我這麽一個不成材的年輕人的？王先生也没有主動提過。終於有一天，王先生仿佛不經意地問我：『文忠，你知道是誰最早向我提起你的啊？』老先生好像認定我想不到，就直接説道：『是周一良周先生。』元化先生接著説：『我和周先生并不認識，有一次開會才遇見。會議安排我們坐一輛車。周先生握住我的手，介紹了你的情况。還説你這個小孩子很倔，認爲在上海只有我才可以管住你，不能讓你再漂在社會上，你還是應該回來做學問啊。』

這實在是……我的確没有想到。可是，我爲什麽想不到呢？我難道不應該想到嗎？當時，我

的腦子轟的一下，胸口也受到重重的一擊，鼻子不爭氣地直發酸。我傻傻地看著神色凝重的元化先生，一個字也說不出來。

好幾年過去了，在一良先生去世前的兩個月，我讀到了可能是一良先生絕筆的一篇文章，就是上面提到的那篇序，裏面有這樣一段話：『并世學人當中，學識廣博精深（非一般浮泛）而兼通中外（包括東方、西方）者，我最佩服三位：就是季羨林、饒宗頤、王元化三位先生。』下面又說：『王元化先生遭受過幾十年的「右派」噩運。』一良先生口述此文時，一定是思緒起伏、心情激動，而且恐怕體力精神都已經不濟了，文章的思路已不復過去的清晰了。但是，說元化先生『遭受過幾十年「右派」噩運』，我相信并非是一良先生病中腦力不勝而造成的誤記，而是恰恰印證了元化先生他和一良先生并不相熟的話。是啊，一良先生和他最佩服的三位先生都是我的恩師，道德文章到了他們的那個境界，惜惜之情又何須建立在俗世的私交上呢？

還是不回憶了吧，回憶實在使我不堪承受。

一良先生走了，他的道德文章還在，絕不會湮滅的。文章也不必說了，一良先生的成就早已有公論。一良先生略帶自嘲的話：『五十年代學校教授評級，我忝列二級，自己心悅誠服。因而想起《世說新語·品藻篇》所載：「世論溫太真是過江第二流之高者。時名輩共說人物第一將盡之間，溫常失色。」溫太真曠達人，「第二流之高者」正自不惡，何失色之有耶？』我無論怎麼品味，都有一點無可奈何的苦澀。近幾天總情不自禁地遐想，陳寅恪先生在《贈蔣秉南序》中有一句話：『嗚呼！此豈寅恪少時所自待及異日他人所望於寅恪者哉？』一良先生一定也會有一樣的感慨吧，衹需將『寅恪』改成『一良』罷了。不過，在我等後生小子看來，這『第二流之高者』，大概正是黃侃所說的古人取走天九以後的牌中的地八吧。已然是人間至高的了。

至於國人看得比文章更重的道德，我覺得一良先生也沒有什麼需要愧疚的。不就是懷著遠遠超出一般知識份子的『原罪感』，被人利用做了『馴服工具』麼？調入『梁效』難道不是至高無上的『組織』的決定？在『梁效』充當『顧問』難道不是爲偉大領袖毛主席服務？不就指出『孔丘身材高大，孔武有力，決不能說矮小』這麼絕無僅有地把了一次關麼？請問，一良先生作過什麼孽，害過什麼人嗎？難道《畢竟是書生》公之於衆的那樣的懺悔還不够麼？難道一良先生自己承擔的還不够嗎？試問，那些真正的作孽者呢？那些真正的害人者呢？我對此的看法已經全部表達在《紅與黑——從周一良先生〈畢竟是書生〉看現代中國知識人的歷程》裏了（《萬象》第一

卷第五期），也實在懶得再説。讓我高興的是，緊接此文的就是一良先生的《弢翁詩詞存稿跋》，因此我有理由相信，一良先生是看到了我的文章的。至於現在仍然還有，而且數量不少的，真真假假，虛虛實實，腦袋仍然寄存在不知所云、不明所以、不識所謂的瘋狂歲月裏的，堅持以先知加烈士的標準要求像一良先生那樣無法控制自己命運的人的那些高尚君子，我固然未必有興趣，老實説也不願意花這份時間，像魯迅對付『反對白話，妨害白話者』那樣『上下四方尋求，得到一種最黑，最黑，最黑的咒文』來施以詛咒，却倒也還有意向他們推薦一下伯林（Isaiah Berlin）及其喜愛的赫爾岑的書和文章，看看他們是怎樣論述『犧牲』，特别是無謂的『犧牲』的。如果這樣還不行，那麼想來是誰都没有辦法的了。我也衹有將這些道貌岸然、高自標樹的豪言壯語，一概視作陳寅恪先生在《王觀堂先生挽詞》的『序』中所説的『流俗恩怨榮辱委瑣齷齪之説』，『皆不足置辨』。

北大傳來的消息是，自發去與一良先生告别的學生人數過千。我想，他們中的絶大多數并没有見過一良先生。對我而言，這個消息宛如黑夜裏的一道光亮，多少使我在悲痛中感到一絲寬慰：不僅是因了『北大學生畢竟是北大學生』而自豪，而且更是爲了，這條消息似乎能够説服我相信近來一直懷疑的『公理自在世道人心』這句古話了。

婆羅耆宿朱西邨

大約千年之前，隨著經濟政治中心的南遷，昔日的吴越故土也就漸漸變成了文化中心，人傑地靈，俊彦輩出。到明清之際，太湖之濱就已獨領風騷。歐洲漢學家甚至發明了『太湖社群』這樣的名詞。就書畫而言，吴門更是天堂聖地，群星璀璨，就連『五百年來一人』的張大千也以巴蜀之籍而寄居姑蘇。可惜，歷史是無情而又粗心的篦子，使得太多早已享名於世的人傑無奈地成了朝市大隱。

姑蘇人民路鬧市一條古舊小巷裏，蟄居著半個世紀前就享名吴門、而今已八十六歲高齡的朱西邨先生。幾年前一次偶然的機會，我第一次見到先生的山水畫，當時即以不識先生爲恨事。天不慳吝，後來我有兩次機會謁見先生。一次是在乍暖還寒的暮冬初春，一次是在酷暑已消之後。坐在百年古屋裏的百年畫案旁，品啜著香茗，靜靜地聆聽微閉雙目、輕摇一扇的先生用評彈般的吴語喃喃説古，心境也就被輕拂到幾十年前文人鼎盛的黄金歲月，格外的清澈寧靜。

先生諱守一，又諱華曾，號西邨，因曾住於木瀆香山，故又號香山。早歲師從一九四九年後即浪迹香港行醫終身的吴子深，故而列籍吴門，與朱梁任、張善孖、張大千、陳巨來、徐邦達、顧廷龍諸先

生往還友善。書畫俱恪守吴門風範，儒雅正大而不媚俗，講求氣韵趣味，色法爲表，墨法爲骨，水法爲髓。書畫俱不多作，興之所至，方表以丹青楮墨。

在先生淡淡的語調裏，已故鄭逸梅先生筆下的人物復活了。逸梅先生曾記有南社十傑之一的朱梁任覆舟太湖而亡。其年，西邨先生廿六歲。梁任先生曾邀約同往，因事未同行。西邨先生所述，多有可補逸梅先生所記者。如梁任先生之父爲武進士，其子舟覆時先游水脱身，後見梁任先生未出，又再潛水相救，溺水身亡。『當時蘇州人皆稱譽不絶』，從西邨先生悠遠的眼神中，我仿佛看到了先生對傳統倫理的執著與依戀。先生還談及張大千與李秋君以及陳巨來十元大洋一字的潤例……我想，爲什麽蘇州没有人採取『口述歷史』的方法，從這些文壇耆宿的記憶中搜集稍縱即逝的珍貴故實呢？

先生爲人恬淡，不求聞達，視俗世聲名如過眼浮雲。作爲一名雅士，先生不僅精書畫，熟故實，長鑒賞，還擅治膳。早兩年，先生尚能同時兼顧雙鍋，親自下厨，且烹且煮。至今，先生尤以擇菜爲樂事。家傳收藏，自然早已散如雲烟，談起來，先生并不十分悲惜，『珍物不存余處，自在天壤之間』。不爲物役的氣度，大概就是如此吧。

在所有的畫史上，都没有提及娑羅畫社。先生曾示以畫社成立二周年所鑄銅鏡銘文拓片。敬抄如左，爲畫壇留一故實：『民國廿一年春，娑羅花館主人吴似蘭集王韶九、王子振、王選青、朱鑄禹、朱石溪、朱守一、余冰人、吴侍秋、吴瞿安、吴子深、吴東奚、吴振聲、沈儔鵬、汪漱玉、周喬年、周鶴汀、周幼鴻、于中和、姚君玉、姚軒宇、姚明梅、柳君然、範子明、陳伽庵、陳昭新、陳克明、張仲仁、張星階、葉奂文、鄒荊庵、蔣宜安、蔣企范、蔣吟爍、蔡震淵、顔純生、顧墨蛙、顧彦平爲娑羅畫社，廿三年春適值二周，鑄此紀念。』諸君一見這些人名，就會知道後輩實在没有權利忘懷這個畫社。社主吴似蘭先生（吴子深先生之弟）在不堪回首的歲月裏謝世。畫社凡四十八人，載於鏡銘者三十八人，今僅四人存世，西邨先生其一也。

想起馮友蘭先生爲金岳霖先生祝壽的一句聯語：『何止於米，相期以茶』，而西邨先生即登米壽，願以此壽先生。

嘔血心史隨人去：送錢鋼兄遠行

二〇〇三年十一月八日我的日記：『上午近十時，呂晨來電，告錢鋼血壓降至三十／七十，報病危，急赴長海。及到，錢鋼已進入休克狀態。十二時許，血壓消失。經搶救稍緩，出現回光返照。……十七時許，往接藍雲，天雨路堵。途中接張寅彭兄電話，錢鋼於十七時二十分西去。趕至醫院，擡送錢鋼入太平間。錢鋼至死保持尊嚴，醫生將其從休克中喚醒，猶艱難答曰「好多了」。嗚呼！』

二〇〇三年十一月九日至十一月十五日我的日記：『錢鋼逝後，心情極壞，故未作記。』

我無比珍視的摯友錢鋼撒手西去，至今竟已三月。天上一日抵人間幾許時光，我實在不知道，但是，錢鋼應該是離我和他的其他朋友們很遠很遠了吧。他生前所未及見的文集也即將由湖北教育出版社付梓。我和錢鋼共同的恩師王元化先生、錢鋼的摯友也必將會是我的終生摯友的張寅彭兄、錢鋼的好弟子呂晨，當然還有出版社諸君，都爲錢鋼文集的出版付出了巨大的心力。錢鋼走後，我的心緒更爲惡劣，所以實在沒有能够爲他的文集做些什麽。王先生和寅彭兄早就命我寫些文字，并且多次督催。我却實在是心隨思盡，墨伴情竭，屢寫屢輟，難以成篇。直到昨晚，我還只能擱下筆，跑到澱山湖邊上看水看樹——這確實是我寫得最艱難的一篇文字。

這三個月來，我與錢鋼幾次在夢中見面，却都只是相對枯坐，錢鋼的面色尤其是眼睛枯黃泛青，如此而已。情急醒來，在記憶中查索自己與相識已十餘年的錢鋼交往的痕迹，也是茫茫無所得，更覺内心恍恍。我自己久已以錢鋼爲至友，揣想錢鋼也必不以我頑劣庸陋而見棄。可是，記憶怎麽會如此蒼白呢？我很惶恐。元化先生在錢鋼走後，於我前往拜謁時幾乎都要提到錢鋼，一次對我説：『你和錢鋼好像形迹甚疏，來往不多，很有些人以爲你們有什麽隔閡。可是我們，像我和藍雲，都知道你們是很要好的朋友。你們兩個其實是很好的。』知弟子者莫過於師長，我當時極受感動，幾及流淚。

記憶既無由追踪，我只有翻檢日記了：與錢鋼有關者，在他病重住院時，自然是我每天日記的主要内容；而在他住院前，却僅寥寥十數條，且多爲友朋相聚於元化先生召集之會。我和錢鋼單獨見面，在我們相識的十餘年裏祇有三次。兩次是到錢鋼瑞金二路的住處，一次是知道他檢查結果不太好前去探望，一次是給他送去上海書店出版社重印的《錢氏家乘》；剩下的第三次，是去上海大學新校區，順便去看他，當時他説身體已經沒有大礙了。總之，若與他人相比，錢鋼在我

的日記中出現的次數即使不是最少者，也是最少者之一。翻檢結果如此，又豈能稍減我内心的恍惚。

儘管塵世萬事未必皆有理由，可是世人總也難免尋找解釋的企圖。我應該不是一個懶於或者畏於社交的人，和錢鋼的交往却疏闊至此，而我們彼此都視對方爲摯友，周邊的真正理解我們的朋友們也是這麽看的，那麽究竟應該如何解釋呢？

用現成的古語『君子之交淡如水』嗎？『淡如水』是由上述的翻檢結果所證明了的事實。但是『君子之交』呢？雖然『君子』是一個萬難有公認定義的概念，但是，錢鋼是當之無愧符合『君子』的標準的，而我呢？捫心自問，在錢鋼面前，我是不敢也不能自居爲像他那樣的『君子』的。説實話，我也不願意成爲錢鋼那樣的君子。即使錢鋼現在坐在我的面前，我也會這麽對他説的。

先放下恐怕未必有必要的解釋吧，回想起來，我和錢鋼畢竟還是有過不少的交談的，他對我的意見絶對没有一絲一毫的輕率苟同。錢鋼對我的生活態度，對我對待我們在這個都不喜歡的世界裹的主要存在方式——治學——的態度，他基本上都未必贊同。每次會面，如前所説，主要是在大家應元化先生之召聚會的場合，我們都會找機會交談幾句，錢鋼關心的話題也總是一個：敦勸我不要浪費光陰和才華（他總是固執地認爲我有别人，主要是他自己所不具備的所謂『才華』），專心治學寫文章。雖然他的語氣一貫的温文爾雅，但因了他久病的青中泛黄的臉色，還有他的口頭禪『真是的』，給我的印象却是分外嚴厲：『你還是應該做學問，真是的；你有那麽好的條件，真是的。』

我絶對不是一個沈悶的人，有時甚至還要和師長輩耍耍貧嘴。但是，我可以肯定地説，我從來没有和錢鋼開過任何玩笑。我也會勸説他改變一下生活方式，但每次開口前都會揣度一下錢鋼的反應。這種慎重於我是非常罕見的。前一段時間，我沈溺於打高爾夫，於是我就勸他，身體既然有所好轉，總還需要休息穩定，不如和我一起去漫步草坪沐浴陽光。他斜過頭來看著我：『我做不到，真是的；我不行，真是的。』臉色依然青中泛黄，不苟言笑。接著他就和我談起他近期致力的王元化先生學術思想研究，談論如果天假其年，他要完成一部《王元化學術思想評傳》。其間還是夾雜著『你還是應該做學問，真是的；你有那麽好的條件，真是的』。

我對錢鋼的真正的了解，應該説是始於他病重，入住他再也没有能够出來的長海醫院以後。

錢鋼不願意打擾別人，同時也隱隱約約對太多人去探望他抱有某種危重病人常有的忌諱。我知道他病重，還是元化先生通知的。自此，我就每天去醫院陪陪他，開始和他説説笑話，逗逗他笑，告訴他治療肝癌的各種新手段新藥物以及由此而來的各種新希望：有些是我的確知道的，有些實在只不過是道聽途説的而已。

他的病越來越重，吐血便血幾乎是家常便飯了。極度的痛苦正在瘋狂吞噬著他只不過四十五歲的生命，他在被一隻無形而力量巨大無法抗衡的手牽引著離我們遠去。這一點連我和寅彭兄、吕晨都能够清楚地感受到。儘管如此，雖然他的病情越重，醫生的判斷越決絶，我們在感情上却越來越難以接受我們在理智上早已接受的事實。

元化先生是歷經人世滄桑的，老人家在哀痛不已的同時，始終保持著一份莊嚴的冷静。我每天向元化先生彙報錢鋼的病情，錢鋼塵世生命最後歷程的每一絲表面好轉和實質惡化，元化先生都是瞭解的。有一天，元化先生叫我去。老人家從抽屜裏取出一個信封交給我：『你替我把這些錢帶給小林。我近期還可以凑一些稿費，可以有萬把塊錢。要用最好的藥。肝癌是非常痛苦的，人受不了很難做到不失態。錢鋼的病看來是不能樂觀了，希望能爲他減輕痛苦，保持尊嚴。』這些話我是不會記錯的。元化先生雖然歷任高官要職，可是他的兩袖清風，他歷來用稿費收入來接濟一些經濟比較困難的年輕學人，我作爲弟子是非常知道的。更爲重要的是『減輕痛苦，保持尊嚴』這八個字所體現出來的人情和關愛，讓我感動。我在掩上元化先生的房門時，擦去了淚水。

我實在不能把元化先生這八個字轉告錢鋼，因爲他一直牢記著對家人，對别的什麼比如他要完成的研究計劃的責任，没有放棄生的希望。除了偶爾的『有點難受』、『有點不舒服』之外，我從來没有聽到他對巨大的痛苦有任何的宣泄。聽到的更多的是他對家人、對朋友、對學生的關心，怕他們太累，怕耽誤他們工作。錢鋼的堅强連爲他治療的張教授和其他的醫生都感到吃驚和敬佩。張教授親口對我説過：『錢鋼對别人没有什麼要求，不責備别人，其實他很痛苦的啊！』

錢鋼被醫生從昏迷中唤醒，我們知道這是他在這塵世上停留的最後一刻了。錢鋼的夫人小林把錢鋼深愛的女兒、錢鋼曾經發願活到她大學畢業就可以無憾的女兒帶到病床旁，讓她最後叫幾聲爸爸。彌留的錢鋼眼神已散，我相信在這個世界上他已經什麼都看不見了，他茫然環視，問：『這個小孩子是誰？』到了這個時刻，到了他已經看不見自己最愛的女兒的時刻，他最後的幾句話是：『那麼多人啊，不用，我要睡一會。』

『減輕痛苦』，大概是當今的醫療水平或者説人力未必有能力做到的，錢鋼到死都把痛苦背在自己虛弱不堪的身體上，他減輕的是家人、朋友的痛苦；至於『保持尊嚴』，我以爲是難關乎人事的。元化先生在《悼錢鋼》這篇情深意切的文章裏説：『文忠告訴我錢鋼臨終向親友訣别時，顯出了一種內心的平靜和安詳。爲什麼會這樣？張載説：「存，吾順事；没，吾寧也。」這樣一種人生觀，一種對生和死的態度，是需要一個人以一生的行爲來貫徹自己應盡的責任和使命，才能實現的。我想，錢鋼努力去做了，他才在最後的日子裏顯得那樣安詳和平靜。』我想，我不可能比元化先生説得更好了。

錢鋼是君子，而且是君子裏最君子的『方正君子』。他生前一直生活在包括病痛在內的各種壓力之下。真正把他在四十五歲壯年就送走了的，恐怕是比原發性肝癌更爲可怕的某種東西。我不願意，而且也不屑於在這裏評説這『某種東西』，因爲我怕玷污了錢鋼的在天之靈，我怕再惹已入安寧之域的他生氣。我要説的只不過是，正是他的方正，使他絕不虛與委蛇，絕不妥協交易。自然，這樣的結果注定是在這個瓦可全的世界裏玉碎。

然而我欣慰，因爲錢鋼在這個世界上的最後幾十天，我都在我這個最摯愛的朋友的身邊。我

真正知道了他的愛，他的恨；知道了他的寬恕，他的絕不寬恕。我真正知道了他對生命，對信仰，對來世的看法。我終於把我真正想做的事告訴了他，也真正得到了他帶著微笑的理解。我感謝錢鋼，他留下了祇屬於我和他的秘密，讓我在餘生多了一份值得看護守候的真正財富。

錢鋼，你知道送你走的時候來了多少學生嗎？你知道送你走的時候人們流了多少泪水嗎？你知道當殯葬工人問『他有兄弟嗎？幫著搬他一下』，伸過來的有多少雙手嗎？你知道是我捧著你的雙肩和尊嚴的頭顱最後送你走的嗎？你知道你的親友和學生們一直在思念你嗎？

錢鋼，你走好，在天國多享受一下塵世虧欠你的安寧吧。等著我，你還留在塵世的朋友和兄弟。我知道，當我前來找你的時候，我是不會和你一同居住在你必定已經安身其中的那麼聖潔的所在的，因爲我不是你那樣的方正君子。那麼也好，就讓我們還像在塵世那樣疏闊吧……

